GAEA

GAEA

約定
やくそく。
案簿錄・浮生 卷三
護玄—著

約定

案簿錄・浮生 卷三

目錄

人物介紹
浮生工作室
虞因
擁有陰陽眼的社會新鮮人，有些愛玩，但對需要幫助的人很友善。厭惡沒道理的事情。
浮生工作室
言東風
圖形、記憶、分析能力極強。說話毒，但很珍惜身邊的人。喜歡安靜、雕塑，厭惡太吵的人。
浮生工作室
少荻聿
語文、閱讀、記憶能力強。沉默寡言，不太與人往來。喜愛甜點、烹飪。厭惡豌豆。

方曉海
阿方的妹妹，性格暴烈衝動，但對好人非常和善。喜歡飲料、冰涼食物，厭惡各種賤人。
阿方
阿因朋友，很會照顧人，平日溫和，但觸犯到禁忌會立刻變凶狠。喜愛運動，厭惡白目的人。
一太
看似隨和，經常掛著笑，卻讓人猜不透在想什麼，行事俐落果斷，有時隨心所欲。
李臨玥
阿因青梅竹馬，美麗也有腦袋、主見。喜歡換男友、購物，厭惡不乾不脆的人。

# 人物介紹

**虞佟**

阿因大爸。隸屬刑事組行政單位。
溫和穩重且有禮的娃娃臉熟齡男子。
喜歡家人，厭惡傷害家庭的人。

**虞夏**

阿因二爸。刑事小隊長。
個性暴躁，拳腳功夫了得。喜歡打
擊犯罪，厭惡靠關係的混蛋。

**玖深**

隸屬鑑識科。
有點慌慌張張，在自身專業上認真仔細。
喜歡熱鬧玩耍，恐懼不科學的東西。

黎子泓
檢察官：東風學長。
認真溫和，看似嚴肅實則懂變通。
喜歡各種遊戲，單機為主。
嚴司
法醫。表面玩鬧人生，對身
邊的人卻很好。喜歡講幹
話、美食、八卦。
小伍
刑警。熱血小警察。
喜歡懲奸除惡和女友，
厭惡愛靠杯的犯人。

他抱著懷裡溫暖的小小身體，低聲唱著溫柔的歌曲。

踏著沉重又歡欣的步伐，如同接近天堂般迎來某種無法解釋的恐懼與快樂。

拿著掛在上方的小鑰匙，打開那扇冰冷的小門。

停在最邊緣的位置，他看著對自己而言相當可怕的高度，但又因爲想到某些開心的事，不知不覺稚嫩的臉上露出了一個微笑。

「這是送給……的……禮物，我們約好了……」

於是，他鬆開手，任由那小小的孩子從懷中墜落。

「走囉。」

小丑魚造型的氣球往湛藍天空飛去。

不小心鬆手的孩子對著飛走的橘色氣球哇哇大哭，後頭稍有段距離的男生小跑了幾步，在氣球完全飛上天之前，一個跳步準確地拽住繩子，把小丑魚重新拉回地面，大頭的魚類垂了垂充滿氣體的腦袋，好像有點遺憾沒有逃脫成功。

孩子的母親連忙道謝，在小孩破涕為笑的同時試圖想請眼前這位看似大學生的大男孩喝個遊樂園商店飲品，然而不免也暗暗奇怪對方看上去似乎像一個人來，並沒有同伴，在這假日的遊樂園中有些特別。

通常到這種地方的不是家庭出遊就是朋友、情侶組合，這種獨自一人的難免讓人多想，該不會是失戀重回傷心地，然後自我虐待吧。

大學生——林致淵再次微笑著婉拒婦人的邀請，不知道對方正在腦補他的感情史，拍拍小孩的腦袋轉身離開，按著藍芽耳機詢問還在通訊的人，重新確認了路線才終於找到目的地。

鬼屋迷宮。

遠遠地，他就看見排隊走道已被封起，擺了個「整修中，暫不開放請見諒」的立牌，旁邊還有三名竊竊私語的工作人員，就設施臨時整修而派來的引導人員來說，似乎有些多了，更別說往裡面看時，鬼屋入口處似乎聚集了好幾個不同打扮的人，神色各異地互望著，看樣子並非全都是樂園的人吧。

不過即使已經擺出不開放的牌子，還是可以看見外圍有不少人正舉起手機對鬼屋的方向拍照，那三名可憐的員工必須攔住想闖過去看熱鬧的遊客，請對方不要妨礙修繕工作，過了一會兒他們終於確定人手不夠，可憐兮兮地趕緊請求支援。

如果這樣走過去十成十會被擋在門口，於是林致淵撥了通電話，約莫等待幾分鐘後，果然有個熟面孔慢吞吞地走出來接他，一臉萬年僵冷不變，不過眼神裡透露出嫌棄。

「你怎麼在這裡？」聿盯著莫名冒出來的大學生，這傢伙身後沒有其他人，也不像是來樂園玩耍的休閒打扮，應該是專程來這裡找他們。

爲什麼呢？

覺得來者有些莫名其妙，聿冷淡地掃了打電話給自己的人一眼，靜待回答。

林致淵露出好脾氣的友善笑容，很習慣三人組裡有兩人總是臭臉不歡迎外人的反應，接著取出手機翻到某個對話記錄遞給眼前的冷面青年。「雖然我很想說是因爲來玩的巧合，不過事實上是學長們的行蹤暴露了，正好我沒有事，就來看看有什麼需要幫忙的地方。」

微微挑眉，聿接過手機，對話上是幾張截圖，附了來源網址連結，然後對方詢問這是不是「傳說的那位學長」。

截圖來自某個知名大型論壇，平日什麼雜七雜八的謠言、爆料都有，時不時還有記者蹲在裡面等著抄無聊的新聞，目前最熱門的是今日某樂園鬼屋突然緊急關閉的話題，原本排隊排得好好的遊客們被告知這段時間內無法使用的消息，園方還贈送了飲料券給排隊的遊客作爲致歉。

在這人手一機的網路時代，自然不少人當場便打卡上傳照片，順便討論鬼屋的怪異，甚至還有排在最前頭的遊客信誓旦旦地說上一組進去之後半個小時還沒出來，他們已經在外面等好久，絕對是遊樂設施裡面出問題，下方則是有人留言調笑說可能要上演「眞鬼屋」了。

十幾張附上的現場照片裡，正好有那麼一、兩張出現虞因和工作人員對話的側影，也不知道怎麼被發現的，就這樣傳到林致淵手上，連林致淵本人都感歎那個憑藉側影就可以找出眞身的同學簡直火眼金睛。

點下網址連過去，那兩張相片已被刪除，其餘鬼屋的照片倒還在，下方的留言仍然快速增加著，這也是林致淵看見外圍依舊有不少人看熱鬧的原因，圍觀者正起哄著想拍到「第一手」情報，甚至還揪團打卡，熱血滿滿地希望成爲最前線的第三類接觸者。

「對話這位就是其中一個論壇板主，我拜託他請發文者拿掉學長的照片，幸好對方很好說話，否則就得動用板主的手段了。」林致淵得到通知當下先撥了東風的電話，確認虞因兩人今天還眞的去遊樂園了，穿的服裝也與照片一樣，所以趕緊在事情擴大前託人幫忙，盡量減少學長又被捲入外界的怪異討論裡，尤其是這種可能牽扯到樂園背後財團的，說不定晚點就要上新聞。

聿把手機還給對方，點點頭。「謝謝。」雖然覺得這人有點多事，不過虞因最近確實不喜歡被強行帶入這種話題，成爲陌生人的娛樂，特別是都市傳說甚囂塵上後，現在連姓陳的都察覺到這個變化，講幹話時不敢再隨便亂扯，只是沒想到已經盡量避開躲在角落裡了，還是被拍到。

「所以是怎麼回事呢？」林致淵想起東風接電話時，那端還傳來略急促的敲鍵盤聲響，顯然是在調閱大量資料或檔案。「有沒有需要我幫忙的地方？」

「暫時沒有，已經聯絡到家屬了。」聿搖搖頭，想想還是領著林致淵一起進鬼屋，把外界好奇的目光都隔絕在牆外。

園方對外是公告設施整修，不過一踏入門口，林致淵就看見鬼屋入口通道燈火通亮，有幾個工作人員與看起來明顯是樂園高層的人站在一邊，比較突兀的是旁邊四名年輕男女，外表年紀與自己差不多，應該同是大學生，幾人神色似乎有些鬱鬱不安，但不是那種被驚嚇的不安，反而帶點擔心。

因爲沒有被阻攔，林致淵與那四人很快就聊上話，沒多久已弄清楚來龍去脈——這四位就是傳說中被困在鬼屋裡的「上一組」，他們也確實被困在鬼屋裡，是中途的球室小關卡。那個關卡是一個速食店的兒童球池場景，幽暗的空間裡有自動翻滾的染血小彩球和兒童溜滑梯等設施，幾具塑膠假人掛在溜滑梯上，主題是被歹徒射殺後陰魂不散的悲傷空間，背景音還有陣陣大人與孩童混在一起的哭聲。

球池裡面有具小孩的假屍體，最初發現不對勁的就是四人組裡比較矮的女孩，同伴們都叫她小菁。

四人組合其實是兩對情侶，同大學同系，兩名女孩是鬼屋和闖關遊戲的愛好者，有很豐富的遊玩經驗，所以在鬼屋裡被驚嚇的反而是倒楣被揪著衣領進來的男朋友們。

「一開始是我發現球池裡面的假屍體在笑。」小菁環著手，下意識往關卡入口方向看了眼，遊戲已被關閉了，所以原本該有的驚悚聲響全都消失，加上他們是位於進入關卡前的情境故事說明處，所以意外地相當安靜。「我還想說這鬼屋不愧是年度推薦必遊，連表情都能變也太眞實，所以湊上前去看，沒想到是眞的在笑。」

站在她旁邊的男友聽到「太眞實」忍不住露出苦笑。

他不久前產生的黑歷史就是在女友興致勃勃衝過去的那瞬間以爲旁邊有東西，直接驚聲尖叫。

然而爲了愛，他還是在尖叫完後回頭想要搶救一下女友，然後跟著看見小孩假屍體眞的在笑的畫面，接著他又第二次驚聲尖叫了……眞希望回去之後不要被分手。

球池裡的小孩屍體其實沒有做得很逼眞，就是那種在幽暗處第一眼可能會被嚇到，但很快就會知道是人形道具，不過卻比其他角色道具精緻可愛，看得出設計者花了不少心思，連頭髮都是一根根植入。這個道具模擬成被強盜射殺的樣子，額頭上有個血色小洞，半張小臉被紅漆染成血紅色，破壞了原本的純眞可愛感，顯得更爲詭異。

小菁會注意到道具「在笑」，是因爲網站上的宣傳照片曾出現這個兒童道具，她和友人爲了來樂園約會加上個人興趣，事前上網做過功課，知道這個道具原本應該是恐懼哭泣的表情，會被選爲宣傳照片，其中賣點就在於這孩子做得太可愛了，那一臉凝固在死亡時的神情讓它竟有種凋零的淒美感，踏入房間第一眼看到時也是如此，所以當她回頭一瞥，看見了原本哭泣的臉轉成笑容，瞬間出戲。

直到她靠近球池外圍，才發現這個道具根本不存在改變表情的機關，且放音效的音響突然傳來一連串雜音，接著緩慢轉成與剛剛不同的稚嫩笑聲，同時，人形道具上也傳來微弱、相同的聲音：「姊姊……大哥哥……」

男友行動一僵，另一對因友人們異常而停下來的情侶也一僵。

「可以……給我……兔兔嗎……」

小菁回過頭，她的好姊妹今天揹來樂園的背包上，正好掛著一隻二十公分左右的兔子布偶，這是在進鬼屋前，他們去逛紀念品區時，對方男友買來送的，所以對方立刻掛在背包上，軟綿綿的兔子布偶表情無辜，卻讓幾個人毛骨悚然。

接著小菁的男友尖叫一聲，把女友抱得死緊，瑟瑟發抖中不忘把嬌小的女友拖離球池好大一段距離。下一秒，球池關卡兩側門扉突然砰的兩個巨響，直接把他們關在這個場景裡。

四個人立刻全縮到同個角落，互相尋求安全感。

「……剛剛進來……進來時候……工作人員是不是說不能拍照攝影……」差點被男友勒斷氣，小菁很艱難地詢問。

「……對……」另一對情侶中的男友腦袋空白、顫抖著，給予回應。

「特……特別狀況……可……可以……拍一下吧……」同樣被男友抱得死緊的另一名女友努力地喘氣。

「兔兔……」稚嫩的聲音變得有些委屈，球池裡的人偶竟然緩慢坐了起來，微笑的面孔轉向四人。

小菁與她的好姊妹幾乎瞬間就把那隻兔子剝下來，把球池當許願池一樣投擲進去。

很快地，廣播傳來歡愉的嬉笑聲：「兔兔謝謝……我好開心啊，我唱歌給姊姊們聽……」

於是當幾個人終於可以從球池關卡離開，已是半小時後的事情，自動打開的門外站著好幾名滿頭冷汗的員工和樂園安全人員，他們在剛剛那段時間裡完全無法打開兩扇門，監視器還全黑，無從得知裡面是什麼狀況。

四個大學生有點精神恍惚。

他們一開始是因爲驚嚇沒錯，然而後頭在一連串《哥哥爸爸眞偉大》、《拔蘿蔔》、《小兔子乖乖》裡度過，歌聲純眞稚嫩，到後來，簡直像鬼屋中的兒童ＫＴＶ，原本還嚇個半死的兩個大男生逐漸一臉痲木。

最後，那聲音還很有禮貌地向他們謝謝兔兔玩偶，人偶啪的聲倒回繼續翻滾的球池裡。

小菁的男友甚至愣愣地想著：原來這就是第三類接觸嗎？不得不說，那些兒歌還真唱得不錯聽。

循著鬼屋路線往內走，經過一個個看似驚悚，卻在緊急照明下大亮的環境中顯得有點搞笑與突兀的恐怖場景，沒多久，林致淵就看見球室裡的狀況。

進入球室的銜接口處站著一個員警與幾個樂園管理層，在前方帶路的聿朝某個穿西裝的中年人簡單解釋林致淵是相關人士後，兩人很輕易便被放進去了。

球室與其他鬼屋場景不同，緊急照明被重新關上，恢復原本幽暗的環境燈，不過效果音與道具機關仍是關著的，所以並沒有多餘的機械吵雜聲，反而顯得幽靜，還帶著一絲密閉空間長久累積的不善氣味。

不知道是不是林致淵多心，他總覺得這味道裡隱隱有一種……形容不出的腐敗味，好像在室內的某個地方有個被掩藏的腐爛物體，但這種味道只有一絲絲，如果不是刻意去聞，並不明顯。

可能已經在這裡待了一陣子的虞因坐在球池邊，屁股底下是一把不知道誰貢獻的粉紅色折疊椅，球室內除了他以外沒有其餘人，另一扇通往下一關的門邊同樣也有員警和員工守著，不時好奇地往裡面窺探。

林致淵看裡頭沒別人，不知道能不能進去，從他的角度隱約只看見球池內似乎有個道具坐在那邊，接著就聽到虞因突然開口：「小淵你不要站在那裡。」

踩進球室的聿回頭看了林致淵一眼，後者才連忙跟進，接著發現裡面居然還有兩、三張靠放在牆邊的折疊椅，看來這些人至少等了兩、三個小時以上。

想想也是，林致淵收到消息後出發到樂園都花了將近兩小時，事發又有一段時間，可見學長們耗了很久，難怪一路走來看見外頭的工作人員神色都有些疲憊，加上外界傳得繪聲繪影的傳聞，現在公關部門應該很想痛哭。

坐得有點腰痠背痛的虞因用力伸展了下上身，瞄了眼剛剛學弟站的位置，從他的角度，正好可以看見淡淡的黑影依舊站在原處，顯然看熱鬧的東西一點也不介意周圍都是活人，忽長忽扁地在自我娛樂。

聿把手上的水瓶遞給虞因，順便看了眼時間，「差不多快到了。」

「學長你們在等誰啊？」林致淵注意到球池裡的兒童人偶是坐姿，染滿血紅的面孔的確呈現著笑顏，如果沒在外面聽過其他人的形容，還會以爲這個道具原本就是這副模樣。而且不知道是不是他多心，踏進幽暗的室內時，那張笑臉似乎還朝他的方向轉了下。

「蓁蓁的父母。」虞因看向趴在球池裡玩兔子布偶的小女孩，原本沒什麼動靜的球池被祂的動作帶著翻動了幾顆彩球，聲響讓外面的人們發出小小的驚呼聲，接著因爲害怕吵鬧到裡頭的未知存在，很快又把聲音壓掉，恢復安靜。

林致淵看著滾動的彩球，倒沒有大驚小怪，應該說他先前經歷過一連串奇幻之旅，所以莫名有點習慣這種超自然畫面。學長們好像也沒有要他出去的打算，他就默默地去領張折疊椅，在不會干擾到他人行走的角落處坐下。

三人沉默放空約莫十分鐘後，外頭再度傳來有點吵鬧的聲響，很快地，有人領著一對男女走進來，看相互緊依的模樣與手上的戒指，應該是夫妻，兩人才剛踏進幽暗的球室關卡，人偶道具的臉立刻轉向他們，球池內的彩球上下跳動，似乎很開心。

「你們是電話裡的……？」被男人護著的女性有點遲疑地看著室內的三人，最後視線落在明顯年紀較大的虞因身上，後者也正好站起身，帶著溫和的微笑望向他們。

「幸好兩位今天就可以趕過來。」虞因看著球池內的女孩跳起來，一臉歡欣地盯著夫妻不放。他想了想，繼續說道：「雖然這麼說有點不可思議，不過有一位蓁蓁小妹妹……」

「蓁蓁還在這邊嗎？」女性的眼淚立刻從面頰滑落，倚靠在丈夫身上啜泣著。「我們、我們沒有懷疑你……接到電話時候就有一種……她眞的在這邊的感覺……」

虞因想想，直接點頭：「祂在。」

看不見的小女孩身形削瘦，兩頰些微下凹，渾身有些發灰，不過沒有任何惡意，甚至帶著一點懵懂，打從一進來就是這個樣子，與門外「看熱鬧」的路飄模樣不同。

輕輕的兩個字就讓女性渾身顫抖，高大的丈夫眼眶逐漸發紅，兩人緊握住彼此的手相互依靠，過了幾分鐘後，先緩過來的丈夫才慢慢開口：「給你們添麻煩了，沒想到蓁蓁會在這裡迷路，是我們當時沒注意的錯。」

經過兩夫妻的敘述，幾個人才知道爲什麼小女孩會滯留在鬼屋裡，還上演了這齣第三類接觸。

「我是這個鬼屋外包的道具師之一。」男性自我介紹姓莊，與妻子經營道具工作坊，專接各種道具、機關布置，禮貌性地與虞因互遞名片，看著名片上的介紹，才勉強地微笑了下。「原來是同行。」

虞因之所以會出現在這裡，恰好也正是幫樂園另一處遊樂設施製作了一些小道具，上週交件，這禮拜過來看看運行起來的效果狀況與是否須要調整，同時園方也給了他好幾張公關票和樂園住宿折價券，他就帶著工作完後順便玩一天的心，邀請工作室小夥伴們一起來玩，果不其然，只想宅在屋內的東風拒絕了，倒是聿面無表情地跟著來——如果他事先知道鬼屋裡面會有眞的鬼，他就不會找死去邀請他們了。

當然，事前沒有早知道這個選項，早知道只存在於事後。

道具運作良好，他們正要去逛園區時就聽到鬼屋出事，接著不知道爲什麼他就出現在這裡了，可能是那些工讀生的目光太眞誠，或是害人不淺的都市傳說太夭壽，再不然就是黑心管理層想省一筆找大師來開壇做法的錢。

總之他被推到了第一線，然後跟這球池裡的小女孩耗上好幾個小時，眼見再不久都要傍晚了，他還蹲在這地方。

不知道眼前青年是被推出來代爲溝通的可憐蟲，莊先生收起名片，乾澀地彎著嘴唇說道：「這個遊樂室關卡……其實是我與女兒、也就是蓁蓁，一起做的最後一件作品，連衣服都是蓁蓁拿自己的替它穿上……蓁蓁有先天罕見疾病……」

一旁的莊太太忍不住，再次潸然淚下。

「她生前最喜歡在工作坊看我做這些東西，我們最後一次來遊樂園時，她一直很惦記鬼屋，但是這個迷宮鬼屋有年齡限制，她才十歲，樂園所有設施她都看過了，最後只剩下這個鬼屋。」莊先生頓了頓，苦笑著：「她總說，等她年紀到了，我們全家一起來挑戰爸爸設計的鬼屋關卡。」

然而女孩沒有等到。

莊先生製作這組關卡道具完成的那晚，女兒病危，最終連完成品都沒看見便永遠離開世界。

「道具還在工作坊時，她常常跑來玩這些彩球，她媽媽怕上面細菌太多，每天都要將這些彩球消毒好幾次。」看著沾染紅漆的彩球，莊先生抹了把臉，還是抹不開眼裡的泛紅與哀愁。「……這是半年前的事情了，蓁蓁走之後我把工作坊關了，實在是觸景傷情，一進工作坊就想到我女兒，她臨走前還惦記遊樂園關卡完成的樣子。我沒想到她會跟著這些東西來到這裡……」

站在球池前的小女孩有點疑惑地看著好不容易到來的父母，似乎不太理解爲什麼他們要一直掉眼淚。

「因爲我沒乖乖嗎……？」祂求助般地看向唯一能夠看見自己的虞因，對於父母的不開心感到不知所措，原本幽暗的環境燈開始斷斷續續地閃爍，室內陡然降溫，音箱傳來陣陣撕裂般的雜音。

「不、不是蓁蓁，蓁蓁最乖了。」聽著虞因轉告的話語，兩夫妻連忙搖頭，緊緊盯著空無一人的位置開口：「爸爸媽媽沒想到蓁蓁會記得我們一起做的遊戲，我們真的很開心，今天能和蓁蓁一起來……眞的……很開心……」

音箱沙沙了幾聲，傳出天眞的聲音。

「我也很開心喔！」

□

一行人從鬼屋離開時，幾乎已是閉園時間。

圍繞在外面的群眾早就散得不見人影，只剩下三三兩兩的員工在黑夜中整理園區，準備明日繼續再戰。

那幾名大學生經過溝通並瞭解事情原委後均表示不會大肆宣傳蓁蓁與家人的事情，不過這種保證會持續多久也沒人知道，總之園方贈送了不少禮品與門票、住宿券，把學生們哄得開開心心離開了。

同樣得知蓁蓁家裡的事，園方的某位高層大手一揮直接讓鬼屋關到閉園，這段時間就讓蓁蓁父母與「小孩」徹底在鬼屋玩了一圈，身爲中間橋梁的虞因也只好在雙方的請求下跟著伴遊一圈，離開前還收到兩個大紅包，連帶著外面等候的聿和林致淵一起被塞了各式各樣的遊園劵和禮物。

「小淵你在外面住一天可以嗎？」虞因原本的行程就是打算和聿外宿一天，明天去玩，現在多了個學弟，看看時間也真的滿晚，接駁車次都沒了，讓他單獨回去似乎不是很安全，畢竟對方是擔心他們才過來的，總不能大半夜的讓人又餓又累地被趕回去吧。「可以的話我就請旅館那邊加床？」

「可以。」林致淵連忙點頭，雖然出門前他沒有預料到會留下來過夜，不過好在副舍長是個很有能力的人，所以打個招呼，對方很快就能接手工作，處理得相當好。應該說，如果沒有這麼優秀的副舍長，他就不能經常半夜溜出去收拾校外那些大小事了。

就在虞因正要請園方幫他們加床時，林致淵的手機響起，他看學弟接手機後露出詫異的表情，隱約聽到「學長你還在？」之類的字眼，他和聿互換了眼神，等對方手機掛斷才開口：「你還有朋友嗎？」

「呃……我還以爲他先回去了。」林致淵有些尷尬地解釋：「來樂園這邊走高速公路比較快，我原本是向宿舍朋友借車，不知道爲什麼被傳到戴凡學長那邊，他說他正好要拍一些素材、也有車，可以順便把我帶過來。」不過在路上他就已經告知對方留滯的時間不一定，請對方完成後先回去，他有辦法自行回宿舍，沒想到對方竟然等到現在還沒走。

高戴凡，上次租屋事件那位看似很穩重又有些奇怪的學生。

虞因想想，開口：「反正一個也是加、兩個也是加，你問問學弟要不要一起留宿，我看看旅館還有沒有空房。」四個人的話只能多加個房間，或是改爲四人房了，他是傾向加房間，這樣和聿討論事情就不用避開外人。

林致淵點點頭，重新聯絡上不知道在哪邊等人的高戴凡。

沒多久，房間敲定了，高戴凡也順應邀請，確認留一晚，提著簡單的攝影包從停車場過來與大家集合。

「如果知道你們在鬼屋裡比較有趣，我就一起跟來了。」高戴凡有點遺憾地搖頭，他正在準備拍攝新的音樂故事，想要放些樂園畫面。

「園方和家屬那邊希望這件事情保密，所以你在裡面也拍不到東西。」虞因倒不覺得對方可以在內部快樂拍攝靈異事件，應該說鬼屋、迷宮這類地方原本就不讓人拍攝，想拍得申請，頂多就是讓他和林致淵一樣去湊熱鬧感受氣氛。

高戴凡那張冷淡的臉微微笑了下，沒說什麼。

大概是樂園主管有交代，原本已經休息的附設餐廳重新開伙，幫幾個人煮了一頓簡單卻不失美味的小套餐，遲來的晚餐時間就這樣輕鬆愉快地度過。

飯後，四人各自回到被安排的房間。

林致淵當然是和高戴凡合住，飯店替他們重新更換準備的兩個房間都不算小，除了兩張加大的單人床，還有個帶陽台的小客廳，不過樂園夜間閉園，風景就剩下園內閃爍的燈光與造景，在黑夜襯托下倒別有一番風情。

「不過亡者已經走了半年，怎麼會今天才突然發難？」用帶來的筆電東敲西敲地整理素材，高戴凡邊聽剛出浴室的林致淵簡單講述鬼屋發生的事，邊問道。

在今天以前，鬼屋並沒有球池關卡發生怪事的傳聞，所以才會引起那麼大的風波。

「嗯……聽說今天是小妹妹的生日。」林致淵擦拭著還有點濕潤的頭髮，坐到自己的床邊。在鬼屋時他就向其他人打聽過今天是不是什麼特殊的日子，果不其然，是蓁蓁的生日，才會因緣際會地向大學生們討要小布偶。按照蓁蓁父母所說，女孩每年生日時除了能獲得想要的禮物，還可以與父母做一個未來的約定，最後一次的約定就是一起去遊樂園鬼屋闖關，可惜沒多久女孩就去了天堂。「因此園方才會那麼大手筆關閉鬼屋，我想也有這個原因在內……滿足他們一家三口在這特別的時間完成他們的約定。」

「生日和約定嗎？」高戴凡停下手邊的工作，露出若有所思的表情。「確實，人的一生最重要的莫過於出生逢時，死亡合日，而特殊約定則很可能在完成之前會綁束人未來的時間，直到滿足的那一天。」

「戴凡學長好像很有感觸。」林致淵微微歪著腦袋。

高戴凡用手指敲了敲筆電，露出個淡然的微笑。「取材多了，接觸的東西跟著多了，大部分的故事背後都有可憐人，恐怖故事同樣不例外。像我們上回一起遇過的租屋事件也是，可惜不管如何想要挽留，那都是過去的事情了，球池裡的小妹妹也一樣，希望那對夫妻往後可以好好地向前看吧。」

「我想他們會的。」林致淵想著虞因送走那對夫妻時兩人說的話，他們說既然小妹妹依然這麼掛念爸爸所做的東西，他們也會打起精神重新開啓工作坊，繼續製作女兒所愛，希望如果有緣分，女兒可以重新再當他們的女兒。

然而世事不可能如此順利，特別是鬼神或轉生之說，茫茫人海裡就連活著的人都很難相聚了，更別說隔了層陰陽界。

只是有點盼望總是好的。

林致淵摸摸鼻子，有點難以想像虞學長他們經歷過多少這種別人的殷殷企盼，一段時間過後，眞的得到結果的又有多少人？

當然，這些其實也不關己事就是。

對他來說，果然還是活著的人更爲重要。

□

「他們這紅包大失血啊。」

虞因趴在軟綿綿的床上，把今天收到的兩個紅包打開，當時就覺得滿厚的，打開裡面果然是滿滿的千元大鈔，粗略數一下，單包大概五、六萬跑不掉，兩包加起來相當驚人，都快比他接的案子還多錢了。

「少了。」聿瞥了床上的新台幣一眼，不以爲然。

畢竟外面那些裝神弄鬼的神棍有的一騙數十萬到百萬不等，虞因雖然不是正規神職人員，但確實解決了鬼屋裡的問題點，這筆支出對園方來說還是非常划算。

「反正我們也不是靠這個賺錢。」虞因笑笑地把錢塞回去，這幾年遇過的案子那麼多也沒收到幾個紅包，接下來或捐或花還是要把這筆錢用掉，這類的紅包錢他不會在身上留太久。大致上就是明天回去時買頓好吃的，去廟裡添些香油錢，剩的捐出去就差不多。「綠園道那邊的法式甜點，再加一個楊大哥最近期間限定的水果炸雞如何。」

「可以。」聿靠在自己床上的枕頭滑平板，快速閱讀上面的資料和數據，偶爾在幾個地方停頓半晌，又繼續向下看去。「還要綠豆沙、草莓大福。」

「……胖。」虞因嘖嘖兩聲，看著明晚全體高熱量的食物清單。

聿冷笑，往虞因和自己身上來回瞟了一眼，含在嘴裡的想法不言而喻。

「……」感覺對方的視線真的很靠杯，但虞因忍住，決定不做出自取其辱的發言，冷漠地先向熟識的店家下單預約，藉此保住理智線，不然每次到最後受傷的都是自己。

所以說那個往上長不往旁邊長的體質到底是怎樣！

天地不公！

邊在內心腹誹邊處理好隔天晚餐事宜，虞因突然感到身旁床鋪一陷，聿坐過來把平板擺到兩人都可以看見的地方，彼端已經連好視訊，背景是他們今天放空城的工作室。

因爲兩人不在，東風直接閉門不見客，縮在二樓的空間誰也不理，工作室等同休息一天，沒想到這個時間點他竟然還沒回家。

「你該不會要在工作室睡一晚吧？」虞因有點意外地看著視訊畫面，很快便看見東風走過來，把冒著絲絲白煙的杯子放在桌邊。

雖然工作室有休息間，他們常常在裡面摸魚睡懶覺，但如非必要，三人很少在工作室過夜，就算是東風，也在被養慣後偏好去虞家寄宿。

東風懶洋洋地朝鏡頭這邊看了眼，又開始過長的劉海被他夾在額邊，用的是前陣子宅配大哥送他們的一把贈品髮夾。不知道是基於什麼想法，他們公司的公關品做了大量小巧的白貓小髮夾，據說頗受女性顧客喜愛，不久前宅配大哥就抓了一把給他們，大半都被認識的女性朋友拿走了。

不得不說，那個髮夾原本就給人稚氣可愛的感覺，東風這樣一夾，加上露出來的臉，虞因更想吐槽對面是活生生高中美少女了。

「傍晚時候有人來找你。」東風眼神慢慢轉冷，盯著正在胡思亂想的虞因，把對方的想法猜個七七八八。

虞因咳了聲，很正經地回答：「不認識的？」認識的話，東風就不會特地開視訊提出了。

「嗯，白領，三十四、五歲，管理階級，在門口堵了整晚，我一告訴他你今天都不會回來，他就說他明天會再來找你，看來是不找到你不罷休。」東風停頓了幾秒，繼續說道：「他的樣子相當萎靡，十之八九又是找你開啓陰間業務。」

「……之前我跑了那麼多宮廟拿回來的名片都發光了嗎？」近期爲了應付這種上門找陰間路的陌生人士，虞因特地去幾座聲名顯赫的宮廟、佛寺拿了一大堆名片和簡介，又自製一張各地宮廟名稱地址對應表格，直接打包成中部信仰大禮包讓他們右轉找到人生新通道，然而還是有人頭很鐵，不肯轉換方向，看來這個也是。

明明那些宮廟比他更有名氣啊！憑什麼不相信正規管道！

爲了兼顧中西需求，他甚至把教堂都列進表格裡了呢！

「當某人絕症末期毫無希望時，突然有人告訴他吃屎可以治癒，他有很大機率連屎都願意吃。」東風喝了口茶，涼涼地說。

虞因感覺自己好像被比喻成屎了，他有點煩躁地抓抓腦袋，本來明天想在樂園玩一圈的，現在聽到有人要堵他，突然覺得想放鬆的樂趣少掉一大半，提不起勁了。

「我告訴他都市傳說是假的，但對方顯然不信。」同樣認爲最近奇奇怪怪求上門的人變多了。東風平時自然也有一套趕人的說詞，只是今晚的人相當堅持，非得等到人才甘願。

「陳關說這個事情與他無關，可能又是看到網路那些變造的謠言吧，如果你有需要，就得讓聿去攻擊他們的主機或帳號拿掉謠傳。」

「先不要……我明晚再看看怎麼回事。」虞因嘆了口氣，順便把事情傳訊告知他家老子們，反正明天喬不攏的話他就馬上報警。「所以你今晚真的要睡工作室啊？」

「並沒有。」東風冷淡地開口：「有個客户遲到了，他家臨時出事，但明天一早又急著要樣品，所以他約十二點過來拿。」

「嗯，那你自己小心點。」虞因想想，又把東風會留很晚的事情傳訊告知大爸、二爸，其中一人很快就回答會去接東風，他才比較放心。

東風點點頭，把事情交代完後完全沒有打算閒聊，秒關掉視訊。

「明天直接回去？」聿拿回平板，見到對方興致變低的模樣，也覺得明天大概玩不起來了，頂多吃個早餐賴床賴到中午再出發返家。

「只好把票送給小淵他們了。」虞因發出哀號，在床上滾了一圈，有點不甘心地往枕頭搥了一下。「改天再來！」他就不信他不能好好地放鬆一天！

對樂園沒有什麼執念，聿反正是可有可無，聳聳肩就回自己床鋪了。

啊，這樣是不是明天可以多訂一套下午茶了呢？

聿突然覺得，直接回去真不錯。

最後，那兩張預約好時間的樂園票劵轉贈給一對路人情侶。

林致淵在餐廳吃早餐時，表示他也沒有和高戴凡兩個大男生一起在樂園玩這種莫名的興致，而且他下午還有課，最終只好把票送給路人。

高戴凡需要的素材昨天拍完了，現在正處於靈感噴發的階段，對玩樂興趣缺缺，同樣沒打算再進樂園。

於是四人退房和各自離開的時間居然近乎一致，只不過林致淵同樣搭高戴凡的順風車，虞因則是和聿一起開自家車，雙雙踏上歸途。

繞了幾趟路，提著一大袋下午茶點心回到工作室差不多是三點多的事情。

「你們回來得眞早。」聽見聲響下樓的東風有點意外地看著提早回來的二人組。「那個人大約五、六點才下班。」

「反正都不能好好玩了，就去買聿的下午茶啊。」虞因把手上兩大袋東西放到桌面，順手接過對方遞來的名片與資料，顯然昨天來拜訪的不但是個管理階層，還是大公司的主管級，那種月薪後面有很多零的人種，姓韓，上頭還標註了私人聯絡方式。

東風翻翻提袋，裡面是港式點心，他隨手拿出還有點燙手的粥杯，漫步到旁邊打開。

沒多久，停好車的聿鎖了外牆鐵門走進來，開始把下午茶一樣樣擺上桌，室內立即瀰漫一股熱騰騰的食物香氣。

「雖然他昨晚沒有主動提及想找你幹嘛，但可以看出他對這件事很憂慮，又帶著避諱不想直接告訴非他目標的我，所以我估算應該是他或是身邊親近人發生了怪事，根據這點我就把他周遭的人過濾了一輪，要找你的大概是這件事了。」東風捧著海鮮粥，把手邊的平板往虞因兩人的方向一轉，開始播放。

那是一名女性的社交平台影片，顯然正在做化妝品開箱，雖然僅打了底妝看上去有點過分蒼白，不過可以看出女性面貌姣好，輕柔的語氣正在一一介紹她刷回來的季節新款。她似乎已經很習慣做拍攝，帶著幾乎不變的親切微笑，很容易能讓人心生好感，認真地聽她介紹，很快地，那張本來只上了粉底的面容逐漸染上美麗的色彩。

快速掠過前段不相關的部分，就在影片時間進行到十分鐘左右時，明顯看見女人身後的大型衣櫃門緩緩由內向外推開了一小條縫隙，隱隱似乎有個東西正在裡頭往外窺探，就這樣持續了好幾秒才又重新關上衣櫃。當時在直播的女人大概是看見了留言愣了下，迅速回過頭盯著衣櫃半晌，小心翼翼地走過去打開櫃門，然而什麼也沒有，只看見滿衣櫃的高檔衣物。

虞因快速掃過留言區，不少都是說好像有怪東西在裡面，接著他突然發現這名女性的平台居然是有鎖好友的，也就是她發布的這些影片和內容只有她的交友圈能看見，他可沒在東風的好友圈見過這個人。「……你是怎麼加她好友的？」

「很難嗎？」東風無言地看著對方，「從你那個未來客戶的帳號連結過去的，發現他周遭的朋友裡有個共通的漂亮媽媽圈，我走了一輪她朋友裡有公開的帳號，創個新帳號隨便弄個女性身分，把能加的都加上去，個人資料中添增她們共通的生活圈、興趣喜好，再增加相關校友，說先前的帳號被盜所以重辦，聊個幾句讓她們認同身分就加入了。」

「……」怎麼聽起來那麼像是要做什麼犯罪的前置工作！

「附帶一提這名女性是他的妻子，所以我一開始就先重點蒐集她，省去許多麻煩。」東風點開幾個預先標好的影片，這次上面的是一個可愛的小女孩，看模樣約莫三歲左右，白白嫩嫩的有雙烏黑明亮的大眼，與母親有幾分相像。

這支影片顯然是日常家拍，小女孩很開心地在房間玩耍，一雙小手在兒童鋼琴上叮叮噹噹按壓著，歡樂地跟著哼出不成調的小曲子，大致上可以聽出是五音不全的《小蜜蜂》。

「影子。」東風點點女孩在地板上淺淡的身影。

不知是否光線問題，雖然乍看之下好像沒什麼怪異處，但被提出後仔細一看，虞因才發現地板上的影子就小女孩來說，稍微大了一圈，雖然手腳跟著舞動，腦袋上卻沒有女孩紮著的小馬尾，整體與其說是小女孩，不如說是個小男孩。

奇異的影子跟著玩樂了一會兒，小女孩從地面上跳起來，那影子瞬間小了一圈，馬尾也出現了。

可能想說是光影投射的錯覺，沒人提出影子不太對勁，下方整排都是點讚留言說小女孩很可愛。

後面又陸續幾支影片都有類似的情況，不少人建議女人找個大師來看看家裡是不是有什麼不乾淨的東西，最新一支影片是在上週，女人家裡多了一些紙符神像，告知友人們已經有大師來幫忙看過，請大家安心之類的。

這也是最後一支影片。

「按照她原本發布動態的頻率，加上日常照片，基本上至少每日一次，到友人的貼文下留言閒聊不少於五次，現在這樣多日不發文相當異常。」東風把頁面停在最後發文的時間上，在螢幕面點了兩下。「所以最終結論，來尋求你幫助的就是這件事了，我順便幫你把夫妻二人的背景資料和交友圈、工作圈都查好了，放在共用檔案夾裡，你等等可以慢慢看。」

「……」虞因默默看著友人，認眞且深沉地開口：「你如果哪天被抓去關，記得先通知我，讓我有個心理準備。」

「滾！」忙了半天沒得到感謝還被詛咒會被關的東風直接把人轟走。

□

訪客的全名爲韓時琮。

傍晚六點，穿著一身深色名牌西裝準時按響拜訪鈴。

雖然已經先看過對方的交友圈網頁，不過虞因第一眼看見本人時，還是覺得對方氣質很好，高大帥氣且站得筆直，相當有商務菁英的感覺，可惜大概是家事纏身，所以斯文的臉上隱隱有股憂鬱的痕跡。

「很抱歉強硬地拜訪，但我想盡量尋求各種可能的幫助。」也知道自己的行爲相當失禮，男人將手上精心準備的點心禮盒遞給虞因。雖然見過相片，但心底還是暗暗意外工作室裡的幾人比想像中還年輕，看起來就像大學生一般，如果不是已經打聽過他們的年紀背景，甚至會以爲昨天接待自己的那位還是高中……女學生。

虞因看了下禮盒，三層訂製甜點，高級名牌店，鑲金價位，可見對方眞的是有心拜訪，連他們喜歡什麼都提早打聽過，加上態度這麼客氣，也很難開口把人趕跑，只能順勢將人請至會客室，聽聽對方的請託。

聿把手沖好的咖啡放置訪客面前時，男人才終於緩緩開口：「其實是位朋友介紹我來這裡找一位虞因先生，我有些看不見的麻煩想拜託幾位……雖然我知道這樣很強人所難，應該去找正規的宗教人士，不過如同先前所說，我想試試各種可能，但不想搞得人盡皆知，怕嚇跑客戶。」

……到底又是哪個夭壽骨在亂介紹？

虞因平常聽到這種話，第一時間會覺得又是姓陳的那個髒東西，但東風昨天已經確認過不是那傢伙，這下他就眞的不太清楚是誰介紹的，可能性太多，說不定這人的朋友也只是在網路上道聽塗說。

話說回來，如果問題眞的是發生在他家裡面，那麼光他老婆勤奮更新個人平台，也早就人盡皆知了吧。

網路世界確實方便，方便得幾乎都快沒個人隱私。

接下來對方開始敘述，證實東風查出來的拜訪目的。邊聽著，虞因邊默默在心中感慨，他家兩個小的這種滲透力日漸強大，有空眞的該突襲一下他們兩人的電腦，看看裡面是不是都裝著什麼可怕的國家機密。

他總覺得說不定裡頭藏著某種紅色按鈕，一按下去會不小心毀滅某種驚天動地的東西。

總之——

韓時琮是個外商公司的部門主管，基本上過去很長一段時間都是空中飛人，一年裡有大半時間不在國內，事業至上讓他結婚的時間稍晚，年過三十才在朋友牽線下認識現在的妻子，三年前有了大女兒，眼下小女兒也將滿週歲，長他幾歲的妻子溫柔又美麗，在家不但把孩子們帶得很好，連副業都經營得有聲有色，認識他家的人無一不說他家庭幸福完美，人人稱羨。

「大約在一年前，我出差回來發現老大身上有些奇怪的瘀青和小傷痕，妻子也說不知道怎麼回事，因爲擔心是不是保母有問題，所以我們去了醫院檢查，只得到大概是小朋友自己在玩時碰撞到的小傷作結論。」韓時琮正襟危坐地在沙發上打開帶來的平板，調出裡面的舊照片推給幾名年輕人。

一張張照片都是小女孩手腳上大大小小的瘀青或擦傷，嚴格來說不算多，若小女孩原本就活潑好動，很可能真的就是玩鬧撞出來的痕跡。

「後來狀況確實減少，可能是因爲我增加與家裡的視訊和通話聯絡，加上更換更爲謹愼的保母，老大受傷機率變少了，但家裡卻開始出現怪事。」韓時琮說著，邊打開其他檔案。

數十個檔案全是影片，點開第一支可以發現是與家中妻女平日視訊交談的畫面，看著是相當正常的家人聯繫，裡面也有一些是韓太太放在網路上與好友圈分享的開箱或教學影片。

很快地，虞因等人看見了所謂的「家裡怪事」。

就如同他們提前所知的影片內容，這些私人日常交流影片裡出現更多那些異常，並且更加嚴重，不論是悄然打開的櫃門、房門，或是突然被掃落在地的杯碗餐具，還有兒童攝影機各自拍到怪異的黑影，而最清楚的就是現在所有人面前看的這支。

拍攝時間應該是在深夜，兒童房被幽暗擁抱，只留下一盞星空般的夜燈，破開會讓人不安的深黑，增添溫馨與奇幻的氛圍。

韓太太躺在另一側的床鋪睡得很熟，老大的小床與嬰兒床並放，兩個女孩睡顏如天使般寧靜。這本來是很治癒的一幕家庭常景，可惜在十多分後，自旁邊床頭櫃底下縫隙慢慢攀爬到小床邊的模糊黑影，破壞了祥和的空間，攝影機的畫面也變得相當不穩定，陣陣雜訊讓那個靜止在嬰兒床邊的黑影變得有點猙獰。

令人慶幸的是，可怕的畫面只維持短短幾秒，最後一抹雜訊斑閃過後，黑影就不見了，房裡重歸原本的寧靜平和，睡在裡面的大人小孩渾然不覺發生過恐怖的事。

「這……這位現在還在我們家裡面。」韓時琮不知該怎麼具體稱呼出現在家中的存在，盡量態度客氣地說道：「我調查過，住家的地皮是乾淨的，沒有發生過什麼事，大樓自建造到現在也沒有死亡事故，我的業務得罪的人並不多，應該不至於會使用這種奇異的手段來報復家裡。」

「這可就不一定了。」東風冷笑了聲：「很多時候你自以爲得罪不至於到怎樣的程度，但對於別人的妄想來說，可能就是該把你全家殺光的罪。」

韓時琮微微皺起眉，似乎也在思考這個可能性，對方這句話並沒有誇飾，社會上不少隨意看人一眼差點被打死的可怕案例。

虞因若有所思地看著畫面上的定格，聿把畫面倒轉，停在那個黑影出現的最後一秒。

不知爲何，雖然看起來相當詭異，但他莫名沒有感受到惡意，覺得那個存在眞的只是在「看」小嬰兒，就像他昨天在鬼屋球池一樣，並沒有覺得球池裡的小妹妹有什麼不好的念頭，所以他才會滯留那麼久。

「你妻子呢？」想起東風的調查，虞因看著旁邊拍到的女性，藉此發問。「你們有先找過其他宮廟協助嗎？效果如何？」

「有，但是每位師父來的時候都說我們家中沒有東西。」韓時琮看著那些影片，其實他也不想懷疑那些大師，如果每位的說詞都不一樣，他倒是可以說對方只是想糊弄騙錢，然而那些一致又信誓旦旦的態度，便是表示這個說法有其可信度，畢竟他爲了嘗試多種可能，連教堂都請託過，總不可能法師與牧師聯合起來哄騙他們吧。

沒有東西？

虞因有點莫名，再怎麼看這些影片都是「有東西」，如果每個大師都說沒有東西，那不就變成韓先生家影片造假嗎？他們又不是靠這種東西討生活、需要搏人關注和點閱，沒有造假的必要啊。

難道是這個飄看到大師們就落跑嗎？

那爲什麼沒被檢查出痕跡？

「我也是逼不得已，只能按照朋友的介紹，每位大師都請看看……直到上週妻子請來最後一位大師，她突然堅決認定他們都是騙子，改口我們家絕對沒有問題，阻止我再找人。」

韓時琮爲難地嘆了口氣，「從那天開始，只要她一看見我邀請疑似法師的人，就大吼大鬧，拚命把人趕出去，但回頭又好像沒發生過這些事情一樣如平常地生活。大師們說妻子沒有被附身，僅是情緒不穩，要我帶她去醫院檢查。」

「但你知道妻子先前沒有這種問題，而且她對你找大師很贊成。」虞因想起女人那些開箱影片，其實她在說到有大師來看過時隱隱帶著種不自覺的炫耀，所以她的立場應該是很同意這些事情，而且還因此增加了大量的關心與點讚，這時候又改口大鬧，顯得更加異常。

「沒錯，其實最開始提出請大師來的是妻子，她原本也想拍攝一些影片讓好友圈看看，只是大師們都拒絕拍攝。」韓時琮也知道老婆有點喜歡在朋友圈炫耀生活的行爲，不過僅限友人們，沒有完全公開，所以他並不反對妻子的小喜好。「這也是我必須找到您幫忙的理由之一……您看起來確實不像是『大師』。」

「那是因爲我本來就不是大師。」虞因很無奈地苦笑，他都不知道該不該高興外界把他的地位和正規大師們擺在一起，不過大師們肯定是會不爽。

韓時琮跟著笑了笑，其實就他來看，包括收集到的資料與他人的口耳相傳，這年輕人眞的不是正規大師，即使網路上和他們朋友嘴裡說得多麼神乎，他個人認爲對方比較可能是那種可以看見的陰陽眼，靠一些運氣與警方背景碰巧解決了些事，然而比起經過訓練的大師們，顯然差得很遠。因此他就更明白自己的行爲是強人所難，尤其青年根本不以此爲職，也不主動靠這賺零用錢。

但他需要幫助。

所以他硬著頭皮，死皮賴臉地敲開這扇門。

虞因認眞地看著對方的神色，然後轉頭看了眼聿，才開口：「如果你不介意的話，約你有空的時間去看看？」

韓時琮感到鬆了口氣，在職場上大風大浪見多了，不過眼下他還眞有種輕鬆些的感覺。可能是因爲平時簽約不像這樣大欺小地強迫普通百姓吧。

「明天我都有空。」男人連忙聯絡助理把工作全排開，然後替自己請了個假。「我太太明天有約美容，也會和幾位姊妹下午茶，方便的話，能夠這時間嗎？」

「可以。」虞因點點頭，保險起見，他還是向對方強調：「我眞的不是專業處理這些事情的人，所以頂多可以去看看，沒辦法保證任何事。」

「我明白。」韓時琮從公事包裡取出一個資料夾推給對方，「這是免責聲明，請放心。」

「……」居然連免責聲明都準備了嗎？虞因不得不佩服這些商業人士，果然想得有夠周到，既然對方這麼上道，他也直接收下這份檔案，旁邊的聿接過看了一會兒，很快便點頭確認文件沒問題。

「那麼就明天見了。」

□

送走憂心忡忡的訪客後，預約的餐點隨之送來，原先氣氛有些壓抑的工作室立即被一股愉快的食物香氣填滿，洗刷掉那些不自然影片帶來的鬱悶空氣。

「你們怎麼看？」虞因把晚餐擺放到小吧台邊，然後拿著一塊炸雞開嚼。「韓先生感覺人不錯。」至少他還眞沒見過自己準備好這種免責文書的人，上面很確實寫明了是他主動尋求虞因幫助，不管發生任何問題都由他本人承擔，與外界任何人都沒有關係。

東風嗤笑了聲：「越是這種人才越要小心吧，至少拿出這種契約的人本身就不是個好人。」

「什麼意思？」虞因有點意外。

「先不說這份文件在法律上有多少效用，萬一他眞的出了事情，警方或家屬等取得備份一看，上面就是來找你尋求幫助，不會直接過來查你嗎；況且你又不是專職做這種事情的人，有心人士要搞你還可以藉口你根本沒有處理這些業務的本事，卻讓人給你這種聲明文件……你覺得你說得清嗎。」東風沒有其他人那麼樂觀善良，只要是不認識的人，他一律以最大的惡意揣測，姓韓的拿出文件反而徹底引起他的戒心。

被東風這麼一說，虞因突然覺得炸雞不好吃了，還有點胃痛。雖然他相信韓先生沒有想到這點，只是眞心想要證明自己不會牽連幫助他的人，可是心裡還是有些不太舒服。

「……不過也可能是我想太多吧。」注意到虞因的神色，東風咬咬下唇，放緩語氣：「你又無利可圖，那種企業不會想來整你。」

「說的也是，大象不會沒事來踩螞蟻。」虞因聳聳肩，轉移話題般靠到還在檢查影片的兩個小的旁邊。韓時琮離開前把所有影片都交給他們，雖然看別人的家庭日常影片有點不好意思，不過既然都要去對方家裡看看了，還是多少再檢查過會比較安心。

沒加入陰謀論討論的聿接過虞因遞給他的小碗，拿叉子戳了一塊炸雞，慢慢小口地吃，接著才說出已確認的事：「三至五歲。」

跟著看畫面上定格的清楚黑影，虞因知道這是他們推測的年齡。其實他在看見時也覺得黑影太小，不像成年人，然而這種東西很難說，有時就是會蜷成一團，不好判斷原本模樣。

「這玩意應該差不多就那麼大。」東風把自己快速截好的圖片並列出來，許許多多小小黑影展示排列後可以發現身材大小都差不多，且四肢清晰，不像糾結成團。「其實我傾向五、六歲左右，因爲『祂』的手腳與身體都太過纖細，很可能是營養不良造成，致使祂看上去像三歲兒童，但也不排除是眞的三歲長得比較瘦弱。」只是個影子他們也不方便下結論。

不過不管是哪種解釋，「祂」出現的形體是個幼小的孩童，這表示有極高機率在祂死時就是這個年紀，令人不勝唏噓。

「我查查這對夫妻周遭有沒有什麼兒童死亡的事故，你們明天去的話多留意他家裡有沒有類似的擺設或照片。」東風抬起頭，正好又撞上虞因那種微妙的眼神。「想吃清潔劑組合嗎？」老是用他會被抓的眼神看他是幾個意思？

「咳……有必要的話可以請大爸私下幫忙。」虞因連忙轉移目光避免吃混合毒氣。

「妻子的狀態明顯有異。」聿略過兩人無聊的拌嘴。

「嗯，從支持到激烈反對，有什麼東西改變她的態度。」東風支著下頷，掃過那些影片和照片。「改變態度後停止更新個人平台，但又如常生活。」姓韓的沒有提到他妻子不更新後有異狀，看來是正常。

他妻子這種近況更新與聊天的頻率可顯示現代人重度倚賴網路、甚至有點成癮的通病，讓她不更新必定會影響到日常，在情緒上極可能會明顯有焦躁等症狀，可是扣掉突兀地反對找大師這件事，丈夫卻不認爲平時有其他異常嗎？

「與其說是改變態度，不如說是被置換。」聿瞇起眼睛。

「突然反轉找大師的想法，突然改掉網路成癮。」東風偏過頭，「這癮戒得眞急速。」

「明天我多注意房子裡面的陳設？」雖然覺得兩個小的對話內容有點跳，不過虞因勉強跟得上一點。

「盡量吧，如果姓韓的都沒發現，那屋裡大概也不會有太多變動。」實際上東風在看那些影片、照片時同樣有注意屋內細節，從黑影出現至今，屋內擺飾的變化符合正常家庭更動的頻率，並沒有特別引人注意和奇怪的地方。

聿轉過身走去拿起豪華點心禮盒，對於韓時琮的品性他不予評論，不過點心禮盒倒是百分百的眞品，那種身分的人不至於在食物裡動手腳，所以他也就滿意地打開這些點心，然後泡壺適合的熱茶，愉悅地打算先享受一小部分，特別是看見裡面有手工布丁之後。

頂著虞因譴責沒吃正餐的視線，聿拿著布丁坐回位子上，再次把畫面移向那些黑影出現的定格，凝視著不規則的雜訊斑。

「還有什麼嗎？」虞因看見兩個小的把畫面都停在雜訊斑上。

「數字。」東風把畫面顚倒，取出雜訊斑的部分。

「數字。」聿點點頭，把東風切出來的幾個不規則圖片湊在一起，竟隱隱出現線條弧度。

「視力測驗嗎。」虞因抹了把臉，看著那些令人眼花撩亂的黑白或彩色點點。

「你們今晚是想住這裡嗎？」嫌棄地往還吃得津津有味的兩人看去，東風嘖了聲：「弄一弄關店滾回去睡了，不要干擾我處理東西。」

「難道你今晚想住這裡嗎？」虞因嘖了回去，露出不以為然的表情。「不應該是大家一起收一收然後回家，要搞事情的搞事情，要睡覺的睡覺嗎。」

東風手上卡了兩秒，對方講的其實沒錯，無從反駁。

於是三人快速解決晚餐，稍作收拾後把工作室關了，直接帶著豪華點心盒返回虞家。

□

晚間近十點，虞佟踏進家門。

虞因三人這時還在客廳研究那些雜訊，桌面擺著從點心盒裡挑出來的兩、三樣糕點，杯裡正冒著溫暖甜甜的霧氣。

聿站起來，去廚房準備宵夜。

「你們又涉入什麼事故？」虞佟看見大量的影像畫面，上面是一對陌生男女，不由得感到頭痛。

「呃……還不知道。」虞因知道自家老子曉得昨天韓先生來過工作室的事，於是把今天拜訪的內容告訴對方。「明天去過才可以確定，不過我想可能不會很嚴重。」衝著黑影沒有惡意這點，他想應該不是惡性事故。

「真的嗎？」虞佟彎起微笑，百分之百不相信兒子說的不嚴重。

「……小聿會一起去啦。」完全感受到不信任，虞因摸摸鼻子，深深覺得這也不能怪他，人家都求到門口來了，加上態度客氣，硬是拒絕好像不太好。「倒是大爸你們還沒忙完嗎？」他怎麼覺得虞夏好像忙很久了？

「嗯，快了。」虞佟很簡單地回了三個字，並不打算透露，避免小孩們突然又在哪個地方冒出來送他們一個驚喜。說著的同時，他也看了眼把烏龍麵擺到他前方的聿，後者很淡漠地放下宵夜後就坐回去繼續研究那些雜訊圖。

其實聿和東風一直陸續有在幫警方破解一些暗號密語，他不確定兩個小的有沒有把這件事告訴虞因，畢竟這種東西不能拿到檯面上說，不過他傾向兩人都沒講，當然他也不會主動告知，莫名其妙就惹上事並擴大這點，他還是對大兒子很具信心。

「可以再敷衍一點。」虞因沒好氣地甩頭。

「你很閒嗎？太閒怎麼不滾去睡覺。」東風斜了眼好意思在那裡學小孩傲嬌的某人，不想想年紀多大了。

「可能是因爲還沒有消化完吧。」虞因聳聳肩，不過他是想在睡前儘可能多幫點忙，雖然沒有聿和東風那種瞬間記憶能力，不過慢慢找多少可以分辨得出來，花些時間還是能收割點訣竅，畢竟他都快拼出一個類似「3」的數字了。

說起來，他今天忘記問韓先生是誰推薦來找他的，冤有頭、債有主，哪天路上遇到先打一頓再敘舊。

這世界的垃圾朋友只要有陳闕一個就夠了。

幾個人又忙了一小段時間，吃完烏龍麵的虞佟也加入幫忙拼湊雜訊斑數字，不過隨著時間漸晚，明日還是有人該上班、該赴約，所以到一個段落後便各自返回房間準備休息。

原本想要繼續把東西弄完的東風也被趕進房。

於是就這麼結束忙碌的一日。

翌日依約抵達韓家是下午一點。

虞因看著眼前的高級大樓與大廳裡好幾位保全，不由得感歎有錢人果然不一樣，光看這陣仗就要好多管理費，登記好身分被接上樓時這想法更濃了。

韓時琮所購的是高樓層，且一戶一層，沒有左右鄰居，空間相當廣敞，進門後有著高規格的玄關與裝潢精緻的偌大客廳，以及陣陣若隱若現的檀木香氣。

不得不說這位商業主管還是很會享受生活，把家裡弄得舒適漂亮，光是短暫拜訪就很讓人羨慕，不過羨慕歸羨慕，虞因知道這種房子要保養也得花不少錢，他還是乖乖住在以「功能性」爲主的住家比較適合，至少上班來不及時穿鞋子衝進去拿東西踩髒地板不會良心痛。

虞因乖乖把鞋子塞進客人用的鞋櫃內，踩進軟軟的室內拖後跟著韓時琮走進客廳，一眼就看見那個三歲的大女兒正趴在桌邊，桌上擺著幾個小布偶和地圖書，顯然剛剛還在和父親玩遊戲。繼承父母優秀外表的可愛小女孩也不怕生，看到兩名陌生男子進入家中沒表露畏縮，反而露出可愛又大方的笑容，甜甜地叫了兩聲「大哥哥」。

「韓琇媛，叫她小名秀秀就可以。」韓時琮摸摸大女兒的頭髮，露出慈愛的表情。

「秀秀妳好，這是小聿哥哥給你們的禮物喔。」虞因蹲下身，和小女孩視線平行，微笑地打開帶來的伴手禮，裡面是聿一大早起來的辛勞作品。哼哼，說到手工甜點，雖然沒有高級禮盒和店家名氣的加持，但他們家聿現在也是傳說級的秒掃系，而且知道有幼童要吃，用料選材上更細心了。

小女孩看見盒子裡滿滿可愛的小甜點，大大的雙眼都發亮了，捧著盒子對聿露出崇拜的表情。

韓時琮也沒有擺出一般父母訓誡小孩不可以吃太多零食之類的煞風景態度，很隨和地讓保母去準備茶和果汁，方便孩子們一起吃個點心。

好吃的東西可以迅速拉近距離，大人小孩皆然。

秀秀咬了口雖然沒有外面點心甜口，但香氣濃郁的糕點後，對聿的崇拜更向上高漲了，小女孩捧著古早味小蛋糕，喜孜孜地往聿旁邊一坐，開口就是一句：「喜歡大哥哥，大哥哥帥帥好吃。」

「你女兒懂吃。」虞因誠懇地和韓時琮聊了兩句玩笑，三歲就想吃大哥哥，這前途不可限量啊，連聿的冷漠臉都沒嚇退她，還可以堆著滿臉天真笑容湊上去。

「和她媽一樣，顏控。」韓時琮笑著搖頭，他女兒真的顏控，他一些長相比較好的下屬來拜訪時，這女兒也是一口一個大哥哥，喊得有夠親切，他這個當爸的都不知道該哭還是該笑。不過在淺嚐了口茶香味的小餅乾後，他突然滿同意女兒的話，是真的新鮮好吃。

……看來人家確實不用靠靈異做事業。

韓時琮默默把工作室地址發給助理，標註下以後可以從這裡買點心招待高級客戶。

這時助理還不知道這家點心要靠緣分，直到後來被大客戶指定而三番兩次撲空到懷疑人生眞諦時，就想起這日不該把主管給的地址加入備忘錄，增加他的工作難度。

趁著一屋子和樂融融在吃點心，虞因和屋主對看了一眼，兩人藉口要拿東西離席，把小孩和保母甩給聿，他先去看看屋內其他空間。

屋子相當大，房間數量倒是還好，主臥與三間臥房，再來就是書房、廚房、雜物間。三間臥房中有一個是現在正在使用的兒童房，韓時琮兩夫妻都喜歡小孩，有機會的話想再生一個，未來三個小孩都有獨立房間，如果沒有就是兩個女兒各獨自一間，剩餘那間空房再改成女兒們用的書房。

被領著進入主臥後，虞因才發現先前看到的巨大衣櫃是在更衣室裡，同樣坪數很大的更衣室有兩座超大衣櫃與飾品、鞋帽包櫃，爲了方便韓太太拍攝，照明都弄得很好，還有個小台子和人形模特兒可以展示服裝，簡直就像個工作室。韓時琮表示他不喜歡睡覺的地方被拍攝，所以妻子在更衣室裡也有個專業化妝台，平常化妝開箱都在這裡，正好可以順便拍她的衣櫃與滿滿的服飾配件。

「原本我想改間拍攝房給她，但是她喜歡這裡，說懶得把東西搬來搬去，這裡拍完直接塞回去就好。」韓時琮拉開影片裡出現怪現象的衣櫃，櫃內的燈同時亮起，沒有任何異常，還有淡淡乾爽的香味。

虞因沒在衣櫃裡看見什麼，便搖搖頭，兩人把更衣室裡面有門的櫃子都開了一輪，毫無斬獲，又一一地關回去。

「我必須誠心地說，更衣間太大開起來也是很累。」虞因雖然羨慕人家滿滿的當季服飾配件，但是這樣一個個開，手眞的會痠。

「我也這麼覺得。」即使懂女人永遠少一件衣服的心情，但韓時琮很同意青年的話，他時常在更衣間感到眼花撩亂，彷彿陷入巨大的服裝迷宮。

主臥走了一圈沒發現，兩人轉向兒童房。

原本在客廳的保母這時正好來看顧熟睡中的小女兒，朝兩個大男人比了個小聲的手勢。

「這是二女兒韓靜媛，小名圓圓。」韓時琮低聲介紹了下同樣可愛的小女兒，順便摸了摸嬰孩紅撲撲的小臉，末了還在小孩軟軟的臉頰戳戳兩下。

原本這該是很溫馨的畫面，然而虞因卻在這時聽見身後傳來相當不自然的風鈴聲，擺在地上的一本按鍵有聲書在沒有人觸碰的情況下，傳出一陣陣撥動風鈴的清脆聲響，在安靜的房間裡被無限放大。

保母與韓時琮幾乎同時僵住，可見有聲書設定裡沒有這個聲音。

虞因兩步過去撿起攤開的書本，眼角猛地掃到一抹黑影閃過，他跟著回過身，正好看見房門外的小身影跑過去，方向就是他們剛剛離開的主臥室。沒有多想，他馬上跟出去，然而在踏出房門的瞬間和外面的人對撞，差點一屁股摔回房內。

快了一步抓住虞因手臂的聿微微挑起眉，另一手拎著秀秀，避開小孩的二度相撞。

「看見了？」聿鬆開手。

「嗯，去主臥了。」虞因連忙向韓時琮打個招呼，在後者快速點頭之下往主臥快步跑去。

韓時琮連忙把孩子交給保母，追著虞因兩人而去。

一臉不解的秀秀抬頭看著保母，稚嫩地發問：「爸爸和哥哥們怎麼了？」

保母隱隱知道韓家異狀，和藹地摸摸小女孩的腦袋，「沒事，他們去追小精靈了，秀秀在這邊一起陪妹妹好嗎。」

「好呀。」秀秀愉快地點點頭，趴到嬰兒床邊，給小嬰兒哼起斷斷續續的童謠。

這時如果其他三人回頭，就會發現小女孩腳下黑影輕輕一動，無聲隨著女孩的動作一起貼到嬰兒床側邊。

不過沒有人發現。

□

再度回到主臥依然搜索未果。

接著虞因等人又往其他房間轉了一圈，最終什麼也沒有看見。

聿也沒在屋內發現可疑的物品或變動，就如影片內展示，屋裡較爲格格不入的就只有最近多出來的那些神像符紙，小神像選了個好的風水位有序地安置，燃起一炷精挑細選的奉香，屋內原本就有淡淡的檀木香氣，所以線香的味道並不算太突兀。

韓時琮簡單說明這是爲了心安求大師請來的，廟宇名氣頗盛，倒也不擔心是假物，光是神像本身的木料就很好，還經過一定程度的開光誦經。

即使如此，虞因並不認爲剛剛小孩房內發生的是錯覺。

重新回到客廳坐好，韓時琮也親自重泡茶水，虞因想了想才開口問：「你們大樓社區有發生過三歲至五歲左右的小孩事故嗎？意外或生病，又或者有認識的朋友家小孩出狀況？」

「……就我所知沒有。」韓時琮搖頭，敏銳地蹙起眉，憂心地看向青年：「你剛剛……看見的是這個年齡？」

虞因把監視畫面研究出的黑影大小描述了下。「剛剛閃過去的影子也很小，我認爲是同一個，不過奇怪的是祂沒給我任何感覺，沒有惡意……沒有過度存在感。」所以對方沒有動靜時，一點都看不出來房內有哪裡奇怪。

「沒存在感所以大師們才說沒有嗎？」韓時琮交握著雙手，他不太理解看不見的世界是什麼狀況，應該說其實他原本偏向無神論，沒有信奉任何東西，如果不是自己碰上，他根本不會去接觸這塊，放在一年前，若有人告訴他他將會四處求助各種大師，他可能還會嘲笑對方說夢話。但爲了妻女，他可以什麼教都去試，什麼都去請求，放下顏面也無所謂。

「這我也不太清楚，但我可以肯定說是有東西的。」虞因對正規宗教怎麼處理同樣不算熟，別人眼裡看的東西和他看的應該不一樣，他只能保證他自己看到什麼。這時他突然腦袋閃過一抹想法，還沒深思就直接開口：「對了，你們上週最後請的大師是哪一位？」

韓時琮起身走到電視櫃旁，拉開抽屜後取出一張名片遞給虞因：「大師姓周，這位是透過我一位客戶介紹的，並不收費，當時甚至建議我們不用擺這麼多神像、符紙，還說事有根本，有因便有果，不面對因，再多的神與符都不會阻路。」

虞因看了下名片……其實並不能說是名片，這是空白的名片卡上面用手寫了個名字與手機號碼，非常隨便，甚至不是列印的，幸好寫的人很講究，鋼筆字相當漂亮。

黑色墨水在卡片上寫的是「周震」兩個大字。

「這是介紹人寫的，那位大師和你們一樣，似乎也不是專職，平日不接這些事，透過旁人介紹才來。」韓時琮想想，有點不好意思地說道：「我也去他家門口站滿三天，大師都快拿臉盆潑我水了。」他這陣子眞的爲了跪求各地大師做出超多厚臉皮的事，幸好當初剛出社會時爲了事業也沒少過堵客戶或合作業者，磨練過一段時間。

有因便有果嗎？

虞因有點同意那位大師的話，這房子裡擺出不少開光物品，黑影卻很輕鬆地溜走，這是不是表示祂不在被驅逐的陰靈範圍裡，只須稍微繞著那些佛像符紙走？剛剛閃逝的走廊上並沒有宗教物品，仔細一想，影片裡出現異狀的家具包括剛剛的有聲書也沒被貼符，是否表示「祂」僅避開，但不妨礙祂通行？

拿出手機把名片拍下，虞因將卡片還給對方。

他總覺得最後這位大師絕對有看出什麼，所以才會給這個建議，並且成爲韓太太反應大變的原因之一。韓時琮看起來眞的不曉得三至五歲小孩相關的事，加上房子出現異狀時，大都是妻子在家時候，於是虞因傾向有問題的應該是韓太太。

這結論他並沒當下就告訴韓時琮，只說他先聯絡看看這位大師，試試能不能向對方請教點什麼。

對此韓時琮當然是非常贊成，甚至主動當場撥了大師的號碼，然而對方沒接，他便客客氣氣地打了一則長長的簡訊給對方。

後來虞因兩人又坐了一會兒，屋內沒再發現什麼異狀，約莫近三點時就先從韓家告辭。

□

「韓太太有很大問題對吧。」

在大樓附近停車場取車時，虞因看著正在發動車輛的聿。

「嗯。」聿點點頭，從自己的背包裡拿出Ａ５大的本子遞給虞因，然後把車開出車位。

虞因接過一看，是東風很常用的那種空白繪圖本，裡面用彩色筆歪七扭八畫了兩張圖，還夾著一張摺疊起來的圖畫紙。

「你、和我。」聿目不斜視地開在道路上。

「怎麼感覺畫你畫得比較好看。」虞因不滿地看著兩張圖，一張很用心地畫了個黑色不規則人形，臉上點了兩個紫色的點點，第二張就粗糙了，直接用褐色的筆畫了一坨不明物體，相當應付了事。虧他還一直誇小女孩，沒想到自己在對方眼裡是敷衍的一坨東西。「可惡，我要問韓先生介不介意未來女婿大女兒十幾歲。」

聿在紅燈前停下，無言地白了這種事都要比較的某人一眼，感覺對方很幼稚。

翻開那張摺疊的圖畫紙，虞因這次在上面看見三個不規則的人形，中間那個最大，用灰色筆歪歪扭扭畫好後，兩側各有個小人，一個頭上有鬚，一個歪在大人的腳邊。

「秀秀和圓圓。」聿很快給出兩側小人的身分。

「中間是爸爸？」虞因很理所當然覺得是這個答案。

「秀秀和圓圓的哥哥。」聿冷冷地否決猜測，並給出小女孩說的回答。

「……哥哥？」這瞬間虞因突然有點想回大樓重新檢視那些房間的衝動，不過他又有種今天過去什麼也看不到的預感，他正想到那黑影說不定眞的是五、六歲時，聿突然把手機丟

過來，之後繼續開車。

虞因打開手機，頁面停留在相簿，快速一翻，好幾張都是秀秀的照片，剛開始幾張還很正常，是在吃點心的模樣，接著秀秀撩開袖子，露出肩膀上的瘀青。

下面還有一段影片，秀秀主動拉起小短褲，露出腿上的幾點瘀青，「會痛痛，摔的，秀秀不小心。」

「秀秀玩的時候摔的嗎？」聿略冷的聲音從鏡頭外傳來。

「嗯，秀秀不小心，摔來摔去。」小女孩比劃了下桌椅，天真又可愛地笑著：「跌倒，高高的，跌倒。」

「秀秀玩的時候不可以一直爬高知道嗎。」

「好，秀秀下次小心。」

影片看上去似乎沒什麼，然而就在片末最後一秒，黑色影子從客廳銜接走廊的角落快速閃過，虞因那瞬間手快定格，可以很清楚看見殘影，不是錯覺，這時間點正好就在房間有聲書響起來之前。

「沒想到你和秀秀混這麼熟。」虞因反覆看了看黑影，感歎了句：「都願意給你看瘀青和講悄悄話了，你真的不想要個女婿名額嗎，小蘿莉也很可愛啊。」

聿騰出手，把手邊的面紙盒扔到胡說八道的傢伙腦袋上。

正打算多開兩句玩笑，虞因倏地停下嘴巴，直直看著紅綠燈下、斑馬線上正在緩緩爬行的物體。

下午有不少人出來覓食與逛街，人來人往的街邊兩側似乎沒人發現這個異狀，即使這物體渾身血紅，還拖著一條血痕、求救似地往旁邊掙扎，然而祂得不到任何幫助，在綠燈通行後，血色的身形緩緩消散在車流當中。

虞因正打算查查這條路最近是不是有事故，突然發現聿將車靠邊，停入車格。

「小淵。」聿抬抬下巴，示意對方往後看，兩人都認識的大學生正好在剛才的紅綠燈附近，若有所思地盯著斑馬線，好像已經在那邊待了有段時間。

因爲他沒有做出四處張望或是查看時間的動作，看起來不像和人有約，虞因直接打開車窗打電話，接到手機的人立即往他們的方向看過來，然後露出慣有的溫和笑容快步接近。

「好巧啊。」林致淵同樣意外會在這邊遇到兩人，直接靠在車窗邊打招呼。

「紅綠燈下面怎麼了嗎？」虞因滿在意學弟剛剛的視線，感覺好像是在看什麼東西，難道他也看見了？

「這個啊……」提到這個話題，林致淵不禁收斂起大半笑容，有點遺憾地說道：「昨天下午回來後從車隊朋友那邊聽來，前兩天有個認識的朋友在這裡出車禍，清晨不知道爲什麼騎車速度過快，自撞翻車，周邊住戶聽見聲音報警，救護車來的時候已經出血過多，送院不治，今天下午沒課，我才過來看看。」

「也是我們學校的？」虞因想到剛剛斑馬線上掙扎的身影，頓時心情跟著不舒服起來。

「不是，畢業了，社會人士。」林致淵微瞇起眼睛：「學長你看見了？」

「嗯，可能要請他家人來把人帶回去，祂還在那地方，我覺得可能是沒意識到自己已經被送走了，還在等人救祂。」稍微形容方才看見的畫面，虞因嘆了口氣。

「好的，我會再告訴祂母親，謝謝學長。」林致淵重新露出微笑，接著左右張望，「兩位學長你們要順便附近吃個東西嗎？有家不錯的店喔。」

「……我們看起來很像隨時都在吃東西嗎？」剛剛才在韓家被點心撐飽的虞因有點無言。

林致淵咳了聲，不知道該不該說實話。說眞的，他每次去工作室都聞到食物香味啊，幾位學長不是在製作各種餐點，就是他們的各種餐點在路上，他手機裡都一堆美食照片了，等到發現時，自己外出居然還會下意識注意哪裡有好吃的。

美食害人不淺。

正當虞因看著對方糾結的表情、想吐槽他兩句時，血色的手掌猛地自下翻出，啪的聲按在他們車的窗框邊，血肉模糊的面孔悄然出現在邊緣角落，無神地來回看著他們，似乎無法理解發生了什麼事。

那隻沾滿血且突出骨骼的手，緩慢地移到林致淵手邊，並在他手腕上留下一枚深深的黑色手印，隨後半張面孔與血手如出現時一般，無聲又慢吞吞地離開。

「小淵你……和那位出事的朋友很熟嗎？」並不認為對方是來找殺人凶手，虞因把視線從學弟手上的黑印移開，試探性地詢問。

「算熟，小明哥人很好。」渾然不覺自己手上有東西，林致淵跟著對方的目光，有點奇怪地看了下自己手邊，什麼也沒看見。想想，大概是因爲虞因剛剛看見了畫面，所以想要多問他相關的事情吧。「小明哥在樂器行門市工作，可能是生活壓力有點大，所以半夜偶爾會出來騎車，前段時間有次三天連假，他還和大家一起夜騎到合歡山，但是他平常車速很正常，不會騎過快……他父親也是車禍死的，平時他很注意這個。」

「他有結仇還什麼嗎。」虞因瞥了眼逐漸消失的黑手印，思考著要怎麼叫這個小孩等等找時間去廟裡拜拜。

「據我所知是沒有，他家只有開小吃攤的母親而已。」林致淵搖搖頭，「警方那邊調監視，只看見車速過快翻車，很不幸地在撞上護欄時碎片割斷大動脈，確認是意外事故。」

虞因拍拍學弟的肩膀，安慰道：「有時候意外就是這樣，誰也來不及改變，你晚點帶那位先生的母親去寺廟走走吧，然後再來把人接回去。」

「好，謝謝學長。」林致淵乖巧地點頭，「那我先去找小明哥的媽媽吧，就不和學長們去吃東西了，待會兒我把店家地址傳給你們。」

「……」所以說，他們也不是一天到晚都在吃東西的啊。

雖然這麼腹誹學弟，不過虞因還是希望他可以盡快去寺廟走兩圈，於是便沒繼續交談，很快揮別，然後重新關上車窗。

兩方人都走得夠乾脆，這讓虞因沒看見學弟再次轉頭確認他們的車重回車流離去的畫面。

送走虞因兩人後，林致淵並沒有立刻走回他的摩托車，而是撥通手機，在耳機裡聽見另外一端接起的聲音。

「哥，小明哥的死果然有蹊蹺。」

林致淵抬起右手，看著空無一物的手腕，繼續說道：「我遇到虞學長，他找藉口想催我去廟裡，很可能看到什麼不好的畫面……虞學長不知道小明哥的媽媽已經來招魂過了。」

早在其他人得知出車禍的那天，車隊裡的朋友們湊了一筆錢給死者的母親進行該有的儀式，按理來說亡者不應仍滯留原地，更別說沒意識到自己已經離開這件事，除非他們找來的法師做假，另一個世界的亡魂也對這裡的各種訴說、請回視若無睹。

死者爲什麼還執意留在原處？

林致淵看著南來北往的車輛，久久才收回晦暗視線。

□

虞因查詢了車禍事故相關的新聞。

如林致淵所說，前兩天清晨有摩托車騎士因車速過快自撞身亡，新聞不算大，就只提了翻車、出血量過大致死，新聞下方倒是不少嘲諷的留言，說飆車族撞死活該之類的，甚至還有人口出惡語，說什麼孝子，飆車族還敢稱孝子什麼的文字。

有點疑惑孝子的來源，虞因又翻了其他相關新聞，果然有母親來招魂，口稱死者是孝子這樣的內容。

「……咦？」

招過了？

「有問題？」聿看了眼副駕駛座上滿臉疑惑的人。

「小淵的朋友已經招過了，怎麼還在那邊？」虞因這下子是真的滿頭霧水，難道死者的母親請到假的法師嗎？但是家屬都已經到場告知死者讓祂回家，加上記者們的動靜，照理來說死者應該不至於全然感受不到啊？

爲什麼還留在原處死前掙扎？

明明是意外亡故，難道有什麼極深的執念沒有完成嗎？

想到那枚黑手印，虞因又開始煩惱。

「他們會處理，你不用介入太多吧。」聿看著這人的表情，就覺得對方可能又想幹傻事回去轉兩圈，於是露出有點不樂意的表情。「林致淵不是笨蛋，你剛剛告訴他人還在，他就會去找問題點，即使法師是假的，他也會重新辦好——如果眞的是他的朋友。」

「我知道小淵會去辦好，我擔心的還有另一件事。」把黑手印的事情也告訴聿，虞因有點擔心學弟會不會出事，考慮著待會兒再確定人有沒有乖乖去寺廟好了，沒有的話，就告訴阿方，讓他押著人去。

正暗暗打算怎麼逮學弟時，手機再次響起，打開一看，是東風。

「你們剛剛那影片是怎麼回事？」東風劈口就問收到的小女孩影片。

「可能是小聿的未婚……痛！」虞因摀著被旁邊人摁了一爪子的腦袋，看來不可以再拿這開玩笑了，不然下次被掀開的大概是頭蓋骨。

「可能是虐待。」聿冷冰冰地掃了白目副駕一眼，開口回答正事。

虞因立刻收起開玩笑的神情，嚴肅地開口：「等等，不是說自己摔的？而且她看起來不像被虐待啊？」秀秀表現出的樣子相當天真活潑，對陌生客人也很友善，並沒有在她臉上看見遭到家暴的反應。

「你得知道，有些虐待連當事人都不自覺，特別是幼童。」東風在工作室內重播了短短的影片，看著女孩純粹的笑，說道：「你重新聽聽影片裡面說的話，她只是分不清楚自己在玩或是遭到虐待。」

再次點開影片，除去最後一秒的錄影，虞因這次聽著女孩開心的語氣，突然一陣毛骨悚然。

爲什麼小孩會從高處摔來摔去？

韓家重視小孩到甚至請了保母，家裡也布置得極爲舒適，虞因進門時特別注意過，家具桌椅的邊邊角角都用防撞材質包起來，非常謹慎。

這樣一來，秀秀在高高的地方摔來摔去就不是正常玩耍了。

某人讓秀秀肆無忌憚地攀爬到高處，又或者是把她抱上去，秀秀以爲自己是在玩，所以摔到地上只認爲是不小心，小孩子又都喜歡爬來爬去，如果照顧她的人沒有制止，甚至加以引導這是可以玩的呢？

這種行爲還持續了近一年？

「我先向韓先生確認這件事。」虞因不認爲韓先生會這樣虐待秀秀，他疼愛女兒的樣子不像做假，這麼一來就可能是韓太太或是保母。

「等等，你明天找個藉口過去，先不要打草驚蛇。」東風制止虞因的行動，「別忘記那個五歲小孩。」

雖然很不想陰謀論，但那瞬間虞因還是腦補了各種可能的狀況，包括第一個兒子不自覺被虐，在某個地方摔死，被外人認爲貪玩，經過人爲包裝就這麼成爲歷史；小孩子以爲自己是不小心而死，所以沒有怨氣，單純只想留在父母身邊。

這樣倒是可以解釋爲何黑影還滯留在家裡，而那些神佛沒有強硬驅逐。

不過並不確定事情是不是他們想的這樣，說不定眞的只是小女孩趁著沒人自己頑皮爬到高處摔下來……無論如何，最好明天再跑一趟向秀秀套套實際狀況，而且也有必要與韓太太本人見一面。

虞因是真的祈禱不要是他們想的最壞狀況。

□

晚間，保母從韓家離去。

韓時琮哄睡兩個女兒後，坐在一旁的床鋪，腦袋近乎放空，發呆地看著女兒們的睡顏。其實一直到今日他還是無法理解爲什麼家中會出現這種怪事，三十五年來雖然他沒有宗教信仰，但也不是什麼鐵齒，他知道世界上有很多難以解釋的超自然現象，然而就是不明白爲什麼會出現在自己身邊。

求了那麼多人，找了那麼多「大師」，狀況不但沒有緩解，反而加劇——沒錯，異狀發生的時間越來越短。

他沒有告訴今天來家裡的年輕人，因爲他也沒有把握，但是他從影片裡發現怪事或黑影記錄的頻率確實越來越高。最開始，這東西的出現間隔了一整個月，之後半個月、一週、數日，到現在一、兩天就會有不太對勁的狀況，有時他們會以爲是不是自己的錯覺，更換後的保母也開始害怕不時會有東西飛出去或掉落的幻影，提了幾次想要離職，請他們趕快找新的保母。

過了一會兒，外頭傳來開門的聲音，溫柔又熟悉的嗓音傳來：「阿琮？」男人站起身，替女兒們拉好被角，輕聲小心地走出兒童房，正好看見在客廳把手上紙袋放下的妻子——徐憶蓉。

即使長了他三歲，但女子因爲保養得宜加上有著清秀的娃娃臉，一頭烏黑長髮與素色洋裝的打扮，讓她看上去像極了二十多歲的年輕女性，出門在外經常被小一輪的男性搭訕。韓時琮對此並不反感，畢竟這就是妻子美貌的證明，況且妻子對他溫柔體貼，對孩子們極度疼愛，雖然和時下年輕人一樣有些喜歡擺拍、炫耀，但她的心在家庭與丈夫孩子身上這點是毋庸置疑的。

韓時琮走過去，與妻子擁抱，然後親了親她的粉唇，結婚這幾年以來他們仍保持這種親暱的小舉動，雖然兩人都快奔四了。

「玩得開心嗎？」摟著妻子在沙發坐下，韓時琮按了按對方的肩膀，順著纖細的頸項勾出一縷黑髮，慢慢把玩著。

「嗯，下午茶好好吃，下次我們全家一起去，秀秀一定超愛。」徐憶蓉彎著眼睛，笑咪咪地說：「可惜今天你還要在家裡處理工作，小梅她們說好久沒見到你了，下次帶秀秀、圓圓大家一起聚餐吧。」

「好啊。」

兩夫妻在沙發上親暱了半晌才分開做各自的事情。

「今天有客人來嗎？」提著紙袋打開冰箱，徐憶蓉發現裡頭有陌生的紙盒，盒裡裝著幾樣精緻的小點心，她不解地朝客廳方向詢問。

「喔，大學朋友那邊的小孩來玩。」韓時琮立即把打好的腹稿拿出來說：「以前在我同學家見過幾次那小孩，現在都大學畢業了，前陣子公司合作遇到，本來要找個時間約出去吃飯，今天意外知道人在附近，就邀過來家裡坐坐。」

「咦～這麼巧，大學的誰啊？」徐憶蓉把提袋裡的方盒拿出來，放進冰箱，然後從紙盒裡取出一個漂亮的水信玄餅。

「肥邱。」提前和朋友串通過，韓時琮報出大學好友的名字。「他差了十一、二歲的親戚堂弟，自己開設計工作室，作品不錯，正好我們公司有專案要找相關合作者，所以聊了一會。」

端著果凍走出來，徐憶蓉走到神像前，點燃一根線香，恭恭敬敬地更換好之後，接著坐回老公身邊，擺拍了一會兒帶有美麗櫻花的甜點，才開始享用。「他這伴手禮滿好吃的，哪裡買的啊？盒子上沒有店家名字。」

「他們工作室做的，喜歡的話改天我再買回來。」韓時琮張開嘴，咬下妻子餵到他嘴邊的甜品。

「好啊，真的不錯。」徐憶蓉點點頭，表示滿意。

見妻子沒有懷疑訪客的來歷，韓時琮在心裡微微鬆口氣，又與妻子聊了一些她今日在外的趣事，直到就寢時間兩人才回到房中。

原本聘僱的保母會輪流值夜與孩子們一起睡，但開始出現怪事後，日常照顧的保母辭了工作，夜間保母不敢來也辭職了，現在新找的日常保母也不願意過夜，所以改為韓時琮和妻子輪流陪著孩子們睡覺。

不過大多時候是徐憶蓉陪孩子們，讓韓時琮可以好好休息，隔日精神充足地上班。

於是今晚也一樣，徐憶蓉漱洗完便走去兒童房，韓時琮回到主臥雙雙就寢。

睡前韓時琮還看了一會兒工作資料，為了家裡的事情今天請事假，明天得把一些進度補上，幸好助理與下屬們能力不錯，與客戶對接沒有問題，幾個項目運作正常順利，上層經理知道他家的狀況，還讓他今天安心在家一天，會幫他盯著。

待辦事項整理過一輪後，韓時琮迷迷糊糊睡著了。

半夢半醒間，他腦袋裡殘留著意識，記著要把筆記型電腦關上，而且手機仍在發出下屬的報告錄音，只是他渾身沒什麼力氣，莫名累得連根手指都抬不起來，更別說去按掉正在運作的機器與床頭燈。

這麼想的同時，房內所有光源在一瞬間全部熄滅。

不論是床頭燈、筆電螢幕光，或是手機光，整個空間陷入全然的寂靜與深黑，來自機器的聲響全都隨之蒸發不見。

韓時琮這時候還想著應該是妻子來關的吧，妻子一直都這麼窩心，半夜常常會醒來幫他和女兒們摁好被角，混沌的腦袋讓他沒注意這些東西是「同時」被關閉，而房內漆黑如墨，伸手不見五指。

床的另外一側好像被什麼砸到，某種不輕不重的東西掉下來，然後停在他的左手臂側。

大小不像妻子……秀秀嗎？

黑暗裡的物體就站在床鋪，視線自高處落下，壓抑地停留在男人臉上，冰冷的目光稱不上友善，甚至隱隱令人望而窒息。

僵硬的細小手指按上韓時琮的頸項。

天色還沒亮，手機鈴聲便奪命一般不斷響起，硬是把熟睡的人吵醒。

虞因把腦袋埋進枕頭裡，本來很不想管擾人清夢的魔音，但對方沒打算放棄，手機持續響個沒完沒了，最後他只好摀著困頓的腦袋用力撞了一下枕頭，這才掙扎著把手機翻過來，接著看見上面只剩五啪電才想起來忘記充電了，手機殘留的性命快被奪命來電耗光。

時間顯示清晨四點。

來電顯示是陌生號碼，虞因接通，睡眼矇朧，順帶打個哈欠。

「早……」

「請問現在方便打擾您們嗎？」

虞因聽見對方後頭的話語後瞬間清醒。

電話那端的人語氣既疲憊又帶著點掩飾後不太明顯的驚恐，和昨日下午的冷靜鎮定全然不同。

虞因沒有掛斷手機，邊安撫著對方，邊打開房間燈與快速披上外套，三步併作兩步地跑下樓梯，打開大門時，撲面而來的是過冷的早晨空氣，抬頭一眼就看見了圍牆外黯淡的車燈光，也不知道在外面等多久，很可能是真的沒辦法才會打電話把他吵醒。

打開鐵門，虞因果然看見停在外頭的房車，降下的車窗內可以看見倉皇離家的一家四口，秀秀在後座睡得很熟，嬰兒則是蜷縮在美麗母親的懷裡，睡得小臉紅通通的，完全不曉得大人們的世界發生什麼事。

「眞的很抱歉，原本打算等天亮再打給你……」韓時琮看著跑過來的青年，緊繃一晚上的神經莫名鬆懈下來。

不知爲何，他總覺得這比自己年輕許多的青年自帶種讓人放鬆的氛圍，就好像對方肯定能夠幫上點什麼的莫名安全感。

「先進屋子再說。」虞因拉了拉外套，外面很冷，比平常的這個時間點還要冷很多，簡直有種寒流來襲的錯覺，他剛在房間睡得很溫暖，現在這種溫差讓只穿薄外套的他連續打了好幾個噴嚏。

韓時琮點點頭，催促著妻子先抱著小女兒進屋，自己則是把後座的大女兒抱起，幾乎逃難般踏進別人家的前院。這時間、這種比主人還要搶先進屋的動作失禮至極，但他沒辦法讓妻女繼續待在外面了。

虞因看著兩夫妻落荒而逃的模樣，想著可能他們半夜又發生異狀，正想關上鐵門時，才發現韓時琮開來的車輛不對勁。

房車是黑色的，加上天色昏暗，所以他在第一時間沒有發現，爲了確認是不是眞的沒看錯，他舉起手上的手機開了手電筒，在燈光的映照下，滿車殼的腳印就這樣呈現在他面前，彷彿有頑皮的小孩在上面玩耍奔跑，腳印踏得一片混亂。

砰的一聲響，已經自動上鎖的後座車窗上從內部拍上了一個泥手印，接著黑暗中紅通通的眼睛在手電筒光下折射出詭異的暗光，然後眼睛向後退開，消失在安靜的後座深處。

這些事情是在眨眼間發生的，虞因沉默地倒退兩步，用手機拍下車外逐漸消失的腳印，並快速關起鐵門，轉身回到屋裡。

手機響了半天外加起床跑下樓的騷動不小，進到屋內時，虞因看見聿和虞佟已經醒了，兩人正把韓家四人安置在客廳，然後準備些溫開水與拿乾淨的薄毯給他們。

虞佟第一時間沒有詢問訪客來意，畢竟從警多年，他看得出來兩夫妻臉上的恐慌與道謝時下意識的禮貌動作，這類人如果不是被逼迫到極致，是不會用這種方式闖來他們家尋求協助的。所以他先讓聿去煮一些溫暖的茶水與食物，然後搬張臨時架起的折疊床在客廳角落安置兩個睡得醒不來的小孩。

「眞的很抱歉打擾你們。」韓時琮喝了幾口溫水後臉色明顯好很多，他剛進門時一臉蒼白，車內不明原因過冷，即使他開了暖氣依然沒有幫助，兩夫妻把保暖的小被子和外套都蓋在女兒們身上，自己凍得都以爲要罹難。

虞因進屋後覺得溫度上升很多，與外面根本兩個世界，反而還有點熱了。他走到虞佟身邊，把剛剛手機拍到的東西給自家大爸看，後者神色不變，不過暗暗地用眼神警告他一下。

他冤枉。

眞的冤！

捱了記警告的人摸摸鼻子，夾著尾巴乖乖站到一旁，企圖以表現示意他眞的沒有幹什麼壞事。

沒一會兒，聿端來舒緩身心的花草茶，暖洋洋的香氣擴散到空氣中，很快驅散了些許緊張氣氛。

聿開始學泡茶後，很多複方花草茶都是他自己視情況增減配置，比外面賣的茶包效果好上許多，一家人和工作室的客人經常被他拿來實驗，就連常常熬夜晚歸的虞夏都被灌過好幾次幫助睡眠的茶。

韓時琮兩夫妻喝了半杯花草茶，稍作休歇，情緒便大致穩定下來，然後男人才又再度致歉，接著傳了一些照片給虞因。這種事情比起用說的，不如看實際狀況更快。

虞因點開檔案，看見照的是韓家的主臥，他昨天下午才去過，當時主臥整理得很乾淨，所有物件擺放得整整齊齊、一絲不苟，他還開玩笑問對方哪來的時間打掃，被告知是請人一週來兩、三次做家事清潔。

現在這張照片內的主臥一反白日的乾淨整潔，原木地板上有好幾枚黑紅色腳印不說，那腳印還垂直地走到牆上、天花板上，然後在原本床鋪位置的正上方停下；擺在下面的床鋪已經不在原位了，整個被掀到旁側，實木的床半靠在牆上，掉落的床單上有枚腳印，就好像有什麼東西從天花板跳到床上，然後把整張床翻飛到牆邊。

韓時琮微抖著手拉高襯衫長袖，露出下面碰撞過後嚴重的瘀青痕跡。「我睡到半夜時，有東西在掐我的脖子，可是醒不來……很像那種、鬼壓床……然後就摔下床痛醒……」應該說是床被掀飛之後他摔下床，巨大的動靜把徐憶蓉嚇醒，兩夫妻一看房內可怕的狀況，二話不說隨便穿了衣服把孩子們抱了就跑，開出車輛時才發現忘記帶錢包；他不敢去找朋友，想起手機裡還有調查工作室時搜到的虞因家住址，也不知道出於什麼想法，下意識就把車開來這裡，當時是凌晨三點半。

兩夫妻討論了下打算等到天亮再求助，但隨著車內越來越冷，而且還一直感到有人在外面推車，整個車真的搖晃起來時，韓時琮已經沒辦法等到天亮了，拚命打電話給虞因，這才造成了清晨四點擾人清夢的事。

「你們下次就近開去附近的廟宇會比較安全。」虞因不知道對方哪來那麼大的信任，滿頭黑線地告訴兩人安全點，「我們不是專業人士，搞不好會滅團。」

眼下已經清醒鎮定過來，韓時琮也知道對方講的沒錯，臉上滿是尷尬的表情。「眞的很對不起，不知道爲什麼，我當時腦子裡只想到找你們幫忙。」現在想想，青年不是宗教人士，搞不好把不明的存在帶來還會害到對方一家大小，越想越覺得當時腦袋眞的嚇壞了，連這種事情都做不好，枉費平常訓練下屬遇事時要先冷靜評估，到頭來一發生事情，自己也蠢得猶如剛出社會的小腦殘。

「既來之則安之吧。」虞佟拍拍男人的肩膀以示安慰，抬頭正好看見雙生兄弟從樓梯上走下來。

沒多久，聿端上熱粥和燉湯時，後面跟著睡眼惺忪的東風。看著兩夫妻嚇得一晚沒休息好的萎靡模樣，虞因便去整理客房，更換過寢具、被單後，讓兩夫妻塡飽肚子能先闔個眼，有什麼事情等精神好了再說。

韓時琮兩人再次道過謝，他們確實很需要個可以躺下來的地方，就承下好意，匆匆吃完簡易的餐點便與妻子抱著女兒們跟著聿去客房，沒多久漸漸睡下。

聿關上走廊門，以免客廳的說話聲吵擾到屋後端的客房。

「交友圈越來越廣泛啊。」虞夏瞇起眼睛，盯著都有本事讓人老婆小孩帶著找上門的傢伙。他昨天很晚才回來，睡不到兩小時就聽見樓下的騷動，所以現在腦袋還有點緊繃發痛的不爽感，想找個東西打兩拳。

「我也是千百個不願意，可能是因爲我人太好。」虞因誠懇回答，他現在很深沉地思考是不是要跟一些廟方問問有沒有興趣經營副業，請他們開個神佑過火民宿安全點業務一條龍，你做功德我也做功德，讓這些找不到求生路又不好直衝廟宇的撞鬼人能得到一盞明燈。

虞夏直接往大兒子屁股一腳過去，揉了揉太陽穴才開口：「韓時琮背景沒有問題，獨子、資優生，學生時期至今風評都很好，單親家庭，母親經營一家服飾店；韓時琮畢業後力爭上游得到相當好的工作，加上他眼力很好，有各種獲利極大的投資，目前按月給感情深厚的母親一筆不少的生活費，服飾店現下只是他母親排遣時間開著，前陣子也有了第二春，正與新男友如膠似漆，過得很好。」

韓時琮找上虞因時他們便快速查了對方的背景，其實不難查，畢竟也是校園當年的知名人物，學校導師都有印象，加上生活單純，幾乎沒有污點。

相較之下，徐憶蓉就沒有那麼好查了。

「韓時琮的妻子曾經被領養，當時高齡養育她的養父母前幾年已經離世，留下一筆不大不小的財產，我們還沒查到原生家庭狀況，不過她在學與工作的記錄同樣優秀，暫時沒看出異狀。」虞佟打開他們私下請人調查的資料。其實這兩夫妻如果只看檯面上的記錄，眞的可以說得上是天作之合，不但俊男美女還都是資優生，乾乾淨淨、沒奇怪的污點，周遭一個勁兒地全是直誇兩夫妻的話語。

然而就是這樣完美的家庭突然冒出個不完美存在。

還是陰間版本。

虞因抓抓腦袋，思考著其他可能，「會不會是韓先生出差時從外面帶了不該帶的土產，把人家當地『原住民』帶回來了？」話才剛說完，他立刻又自己搖頭否定這個猜測。如果是帶原住民回來，前面那幾位大師早就發現了，總不可能一個怪異的土產擺在那邊，幾個人都沒發現異狀吧。

同理，若是「得罪當地某些存在」這原因的話，也會被發現，這樣就不符合最後一位大師所說的「因果」，也不符合被那些神像輕輕放過的情況。

他還是覺得，問題根源就在兩夫妻身上。

不過徐憶蓉看起來也不像會虐待小孩，或是手上有小孩命案的人，女性來他們家時雖然形容狼狽，但看得出來是真的疼女兒，擔心受怕之際還是把女兒緊緊護在懷裡，就怕被什麼傷害到。

「韓太太的腳是天生的嗎？」就在幾人各自思考之際，虞因突然想起剛剛女性進門時的行動狀況，雖然不太明顯，不過她的左腳好像有點跛，慢慢走的時候看不出來，但速度快一點就可以發現有異。

「似乎是以前受過傷，但沒有明說是什麼時候的傷。」虞佟回答道：「可能是學生時代運動傷害。」

「她的好友圈也有提過這件事。」東風冷不防插入話題，「應該是更小一點時受傷的，我在她們閒聊的時候看過幾次別人的慰問，大致都是爬山或比較費體力的戶外運動過後，不過具體怎麼受傷的倒是沒有人提出來，她本人則是說太小忘記了，養父母也不清楚。」

「得再花點時間查底。」得知事情後時間太短了，他們還沒辦法查到深處，虞夏再次腦殼裡不知第幾千次思考著事情解決後，再把沒事惹事的大兒子也一起解決掉的可能性。

虞因覺得背脊一涼，莫名冒出來的求生欲讓他下意識轉向正在端出早餐的聿。「小聿你有啥看法嗎？」這兩天都是他們兩個一起跑韓家事件，聿看見的應該比他多。

「周震。」聿把端著的魚片粥放到桌上，然後說道：「先問問他看法。」

「喔對，我們有聯絡到周大師。」虞因想起這件事，拿到名片後他向那個據說是大師的手機號碼傳了簡訊，說明韓時琮找他，然後問問可不可以拜訪，意外的是對方同意了，但時間還沒有確定，那位大師好像手上有其他事情，只回傳說有空會告訴他。

「如果眞的需要這方面的幫忙，你應該聯絡一下宮廟的師父。」虞佟看了看「大師」的名片，思考得查查對方的底，然後說道。

自家小孩從小到大的護身符都是在熟識宮廟領的，其中有位師父固定在幫他們處理，有效歸有效，然而防不了他兒子三不五時就把護身符摘下，動不動就往另個世界的大門跳，師父執業多年大概也沒見過這麼找死的傢伙，每次一看到虞家的人要去換護身符，總免不了半小時起跳的訓話。

「呃、好。」虞因覺得頭有點痛了，老師父很會碎碎唸，從小唸到大，沒事他眞的想裝死不去，所以幾乎都是他大爸幫他拿護身符回來。說到這邊，他突然想起另一件事：「大爸、二爸，你們可以查一下前幾天一起車禍自撞的案子嗎……」

莫名地，他還是對那起車禍有點在意，可能也算是間接牽扯到認識的人，狀況不確定便不太安心。

虞夏微微瞇起眼睛，露出凶光，「你吃飽閒著？」管到別人頭上了？

「小淵又不算外人，之前也幫很多忙嘛，而且我眞覺得那起車禍有點怪。」如果不是因爲韓時琮這邊的關係，虞因原本打算再回去那條路上看看。

「……」

雖然想罵點什麼，不過虞夏還是點頭，總比什麼都不知道任由對方亂搞得好。

□

韓時琮沒睡多久便醒了過來。

雖然半夜發生無法理解的怪事，但情緒平復過來後理智很快重新回到身上，壓下對自己家中可怕事物的不適，他向虞因等人請求幫助，表達必須回家裡一趟拿走公司重要物品和一些工作上需要的資料——畢竟私人事務不方便牽扯到公司，有些事必須得向助理交接。

虞佟和虞夏要回警局沒辦法陪同，最後依然是虞因和聿陪韓時琮返回大樓住宅。

清晨時踩滿腳印的車輛已恢復原本乾淨的樣子，不過韓時琮對自己的車子有了心理陰影，三十幾歲的男人面對差點在大半夜冷凍自己的車輛沉默了好幾分鐘，才艱難地拋棄臉皮告知虞因暫時不敢開，後者只好開虞佟的車載人，然後聿開韓時琮的車，幫忙把車輛送回家。

接著三人面臨了一個新問題——誰開門。

站在往日溫暖的家前面，韓時琮拿著鑰匙，猶豫著家門後會不會有什麼可怕的變化，例如所有家具像那些鬼片一樣全都被翻倒、沾滿血跡之類的。

虞因則是聽到明顯的腳步聲從屋裡傳出，然後他很快地發現，同行的另外兩人並沒有聽見。

看著兩個比自己年長的人磨磨蹭蹭的，聿劈手拿過鑰匙，二話不說直接把大門打開，一股淡淡的木頭香氣撲來，與昨天來拜訪時是一樣的味道。他領頭走進玄關打開電燈，裡面並沒有末日鬼屋之類的景色，可見的家具都安安靜靜地擺在原位，乖巧地等待主人返家。

韓時琮馬上就發現可以依靠的人是誰了，於是他硬著頭皮跟在聿的腳步後，經過最熟悉不過的大廳，回到昨晚把他掀下床的主臥門口，驚悚地發現黑暗的主臥裡維持著他最後看見的模樣，沉重的床鋪不自然地立在牆邊，枕頭與棉被散亂一地，詭異的腳印雖然不見了，但凝滯的恐怖氣氛並沒有因此減少。

聿開啓房裡的燈並拉開窗簾，光亮瞬間驅散幾分詭異的黑暗。「先準備你的東西。」說著，他回頭看了看虞因，後者正凝視著兒童房的方向，大概是怕把屋主嚇出心臟病，雖然神色有異，但什麼也沒有講。

確實看見兒童房的地面有淡淡的人形黑影，虞因和聿互換個眼神，在不驚擾韓時琮的前提下，他悄然往兒童房移動，然而才剛邁開腳步，那道黑影倏地縮進兒童房裡，接著傳來相當細小的風鈴聲。

同時，主臥傳來轟然巨響，靠在牆上的床鋪突然翻回地面，碰撞出超大聲音，把本來正在拿取西裝的韓時琮嚇得跑出更衣室。

「沒事，只是滑下來。」虞因開口安撫屋主，眼角注意到兒童房地面的影子又探出頭，彷彿惡作劇成功、正在窺探他們反應的樣子，如果有臉可能還會衝著他們咧開壞壞的笑容。

「那東西不在主臥，你快點整理。」

如果韓時琮這時候有反應過來，應該就會聽懂言下之意——不在主臥，就是出現在別的地方。但他現在趕時間，專注於快速收拾該拿的東西，所以沒有聽出虞因那句話背後的意思。

靠在門邊，聿把屋內剛剛發生的狀況連同整理好的照片寄出去，很快地，收件方傳來回應，訊息聲在安靜的空間裡滴滴滴地響著，倒是讓本來的詭異氣氛又降低一些。

「周震說把客廳裡的佛珠拿兩串到房間裡面。」兩分鐘後，聿開口把對方的訊息轉給虞因看，這時虞因才發現原來聿是在與「大師」聊天。

「你什麼時候和大師尬聊上的啊？」虞因看著訊息，居然還是一串的，聿把這兩天發現的異狀照片和影片都寄給人家了，效率飛快，他居然還乖乖地在等大師處理完事情呢！

聿白了眼前的傢伙一眼。

「好，我去拿佛珠。」感覺到白眼裡的鄙視，虞因卑微地去客廳那些供奉神像旁拿走幾串檀木佛珠。韓家找來一堆大師時不但請了神像，還領了不少佛珠、佛牌，看材質絕對砸了不少錢，佛珠每串用料都比一般結緣品好太多。

沒見過面的大師在訊息裡告訴他們把佛珠或佛牌掛在房間裡的指定方位，並且提到他之前就已經告訴過韓太太這件事，顯然對方沒有照做。

「……怪了。」看到這邊，虞因皺起眉。

被大師這麼一說他才發現，其實所有的神像和佛珠都放在客廳裡一起供奉，房間裡面幾乎沒有看見這些物品，連兒童房都沒有，黑影可以自由來去是一回事，但苦主一家自己不擺又是一回事，是沒死一次不會怕的概念是不是？

虞因直接發問時，韓時琮有點苦惱地回答：「不是，我們覺得掛在房裡不太尊重啊，平常會在房間裡面……嗯……做不太方便的事情，小孩房有時候換尿布、尿床拉屎什麼的，不是會對這些東西很不禮貌嗎？」

聽起來好像有道理，虞因一時無法反駁。

但是這樣阿飄才會在你們不尊重之間快樂奔跑啊！

不知道該不該吐槽，總之虞因先把兩串佛珠掛進房裡，正要幫韓時琮把西裝拿出去時，突然聽到剛剛摔回地上的實木床發出喀的一聲，床尾的小抽屜滑了出來，露出裡面的物品。

那是一個有點厚度的四方東西，用盒子裝著，外面還有防塵布。

「這是我們的婚紗照。」韓時琮走過來，不過不敢離床太近，抱著一疊公文站在虞因後方，「拍婚紗時給了兩本，大本太重的放在書房，憶蓉有時候會翻翻小本的，秀秀前段時間迷上媽媽講結婚時的故事，所以就放在這裡，方便她們拿。」

「可以看看嗎？」得到屋主的同意，虞因把相本拿出來，果然是婚紗店的精裝相本，隨手翻了幾頁可以感覺到兩人結婚時狠狠花了一筆，美麗女性的婚紗極為精緻，至少換穿近十種款式，背景全在不同縣市的戶外。

「憶蓉很喜歡照相，當時我看她對那些婚紗愛不釋手，所以買下比較高價的包套，花了三天兩夜，其中有一天讓她帶好姊妹們當藝術照拍。」看著照片，韓時琮懷念起當初結婚時的情景。

「……您眞有耐心。」虞因是覺得自己不可能花這麼多時間拍婚紗，肯定直接累死。

「都快環半島了，權當旅行，還好老闆給我放了好幾天假。」韓時琮也覺得自己當時很有耐心，幸好男性的西裝比較簡單，不用像女性婚紗每換一套就要做一個造型，他還可以趁換裝空檔處理一些工作，就是拍攝時比較累。

虞因把厚重的相冊翻過一輪，他們的外景確實很多，有不少都是知名觀光景點，山上、海邊和城堡民宿都出現在內，有幾個是都市景，從科技感大廈到有點破敗的老舊公寓都有，他都快懷疑攝影師在挑戰自我，奮力詮釋十多種不同婚紗照風格。

就在虞因感歎人家奢華結婚時，身後突然探出一隻手按住相冊，把畫面停留在老舊公寓背景上的聿，微微皺起眉：「這是哪？」

韓時琮看了下，大概也在回憶地點，半晌才略不確定地說道：「這在南部，我有點忘記位置，原本不是要在這裡拍的，當時好像要去另一個廢墟，結果那地方人家圍起來不能進去，不知道爲什麼才找到這邊……這你們可能得問憶蓉，當初拍攝景點都是她一手包辦的，我只有印象那公寓快廢棄了，裡面剩下兩、三戶住家，周邊偏僻，看起來很有末日味道，憶蓉又說建築物有些親切，所以我們才在這裡拍。」

背景的老公寓其實是個荒涼的舊社區，公寓六層還向上加蓋、三棟相連，外表斑剝不堪，甚至有著水印一樣的許多黑色條紋，看上去年代相當久遠，按規格與破舊程度來看，至少三十年以上跑不掉，前面的小花圃早就雜草叢生，還被扔了不少垃圾與雜物；仍住在裡面的某戶人家可能有在撿拾回收物，把大量紙板和鐵鋁罐整袋整袋地堆疊在出入口旁，讓本就已經很破的老社區顯得更殘敗不堪。

聿並沒有在那些垃圾上停留目光，而是盯著最左側的公寓，手指在五樓陽台處點了點。

當時婚紗拍攝地距離公寓有點遠，所以背景不算十分清晰，甚至有點小，公寓的五樓顯然已經沒住人了，幾個窗戶早破損到甚至連窗框都不見，只留下黑壓壓的洞口，原本裝著鐵窗的陽台也差不多同樣破敗，不過那些被腐蝕且長滿鏽的鐵窗條上攔住曾掛在裡面的一些厚重塑膠布殘片，把陽台內的東西半遮掩了起來。

聿的手指就點在那些殘片之間，矮小黑影的腦袋恰恰在陽台矮牆內冒了頭，幾乎像投射的光影錯覺。

韓時琮整個人嚇呆了，渾身立起的雞皮疙瘩顫慄到不行。

「『祂』不是現在才出現在你們家。」聿淡淡地開口，收回了自己的手。

從拍婚紗照至今，至少四、五年了。

風鈴的聲音再度從兒童房若隱若現傳出。

掛在主臥的兩串佛珠發出低響，連結珠子的紅繩斷裂，帶著幽香的紫檀珠子從高處墜落，四散滾了一地。

「『祂』一直都跟著你們。」

兒童房內再度傳來一陣風鈴聲。

韓時琮費了很大的力氣才沒有拔腿逃離，一方面也是看兩個年輕人很鎮定，於是他聽著那陣風鈴聲響平息，僵硬地開口：「那爲什麼今年才出現？」他們結婚也好幾年了，如果是在拍婚紗那時就撞到，沒道理前幾年都無事發生。雖然他經常不在家裡，但他很確定家中的異狀是這幾個月才開始，妻子的影片有異物同樣是這時期。接著他突然回憶起看過的恐怖片，腦袋裡冒出了超級可怕的想法。「該不會是上輩子有什麼問題投胎在我女兒……」

「不是，你女兒很正常。」虞因有點奇怪地看著男人，明明看起來是個認眞的西裝菁英，爲什麼思考方式直接跳躍到天際。

再怎麼說兩個女孩和黑影存在是分開的個體這點已經很明顯，怎會有人覺得是投胎在自己女兒身上引起的靈異事件。

韓時琮鬆了口氣，不要在女兒身上他都可以……不，就算不在孩子們身上他也不可以。

似乎在抗議其他人的漠視，幽暗的兒童房再次傳來輕微的聲響，似乎有什麼東西從高處掉落，輕巧地碰撞後，一段輕快的童謠幽盪傳出——

***Happy Birthday to you,***

***Happy Birthday to……***

虞因站起身，和聿對視了一眼，蹲在兒童房裡的阿飄似乎一直在引起他們的注意力，不想理祂還沒完沒了了。

「我去。」看了眼瑟瑟發抖但仍力持鎮定的韓時琮，虞因先放下手上的相簿，走了兩步發現聿依然跟在後面，屋主則跟在聿身後。

行吧，都去也是個辦法。

兒童房的門半開著，也不知道是半夜一家逃出之後就維持這樣，還是有再被動過，他輕輕推開門扉，看見地上的絨毛熊還在唱歌，歌曲是有點背景雜音的人聲，顯然這玩偶是個錄音娃娃。

「這是去年憶蓉錄給秀秀的生日禮物。」韓時琮看著青年把玩偶撿起來，解釋道。

歌曲停止後，虞因捏了捏熊耳朵，果然又是一樣的生日快樂歌。

聽完歌曲，他一個抬頭差點被猛然入眼的東西嚇一大跳，以爲藏在房裡不知何處的黑影突然出現在他的正前方、大概不到三十公分的窗台上，那東西幾乎與他面對面，隔著一層米色的窗簾，帶著隱隱的血光注視著他。

這瞬間虞因好像聽到了某種空洞的風聲，從兩邊耳朵擦過，失重感帶著緩慢的歌聲，咚地一下，混著疼痛與腥味，血色在視線裡蔓延擴展。

他看見窗台上的黑影緩緩地蜷曲起來，發黑的血液從乾淨的窗簾下方一道道流出，濃稠的暗色液體裡有細細碎碎的肉沫慢速翻滾著，一圈一圈擴開來到穿著室內拖的腳前、接著爬入腳底，浸染乾淨的白色地毯。

韓時琮驚恐的聲音變得很遠。

周圍吊掛著的嬰兒玩具、櫃上的布偶同時掉落，咚咚咚地掉在床上、地板上，滾進發黑的血泊裡，一個小老虎模樣的玩偶轉過來與他目光相對。

虞因被猛然一拉，整個人退後了好幾步，回過神來看見滿地都是玩具，韓時琮已經退出

房間，手上不知哪來的一根棍子，大概抱持著眞發生事情要衝進來幫忙拚命的心態，旁邊的聿則是拽著他的手臂皺眉。

黑色的血與黑影都不見了，但窗簾好像被人用力扯開，橫向裂開一半，早上的陽光照射進來，驅散原本幽暗的空間，若不看那些凌亂的物品，兒童房裡甚至還殘留溫馨的感覺。

「走掉了。」虞因拍拍自家兄弟，房間裡的確沒有其他存在感了，好像就是爲了引他們進來走一圈而已，有趣的是沒有惡意。正這麼想之際，主臥又傳來一連串聲響，三個人快步返回，發現床又被翻到另外一邊，這次什麼都沒有掉落。

聿拿出手機把狀況錄下來，又傳給「大師」，遠端沒見過面的大師大概也無語了，直接發來了語音，打開是有點凶的低嗓。

「小朋友就是要你們看見祂，還不快點出來，家具很貴啊！」

……這大師在意的點也很奇妙。

而且這大師果然知道房子裡的狀況，所以幹嘛之前不好好處理啊？

催促韓時琮快把東西收拾完畢，他們在黑影繼續翻床之前退出玄關，果然門一關上什麼聲音都沒有了。沒多久，韓時琮就收到住戶群組上的抗議留言，說不知道哪戶剛剛摔東西聲響太大，請自己注意，不要影響其他住戶的居家安寧。

韓時琮覺得自己很衰小，愁苦地抱著一大包公文和西裝被趕來的助理接走。

這時候就看見社畜的悲傷了，明明家裡鬧鬼、老婆孩子寄放在別人家，還是得要去公司交接，果然老闆和客戶在某方面比起阿飄更可怕。

「先回去？」聿看著手上一大串鑰匙有點無言，韓時琮走之前把家裡的鑰匙塞給他了，跪求他們想辦法把屋裡的東西弄出去，屋主本人已經訂了旅館，打算帶著妻兒先去住個十天半個月。就這點來看，還眞的不像幹了虧心事的人。

「嗯，問一下結婚照的事情。」虞因看著不知為何順手拿出來的厚重相冊，打算問問徐憶蓉老公寓的拍攝地點在哪裡。韓時琮似乎對拍照沒那麼講究，但對於熱愛打卡的徐憶蓉來說，應該會對臨時更換的地點很有印象。

「那……」正想要提買個什麼回家的事，聿猛地轉頭，旋身往左後跑去。

虞因愣了下，後知後覺跟著跑出去一段路時，聿已在轉角處停下，看來跟丟目標物了。

「什麼東西？」

聿搖搖頭，「剛剛有人在偷看。」他眼角瞄到鬼鬼祟祟的身影，第一時間反射性追上，可惜對方有備而來，騎上機車就跑，來不及看車牌，對方臉上也做了遮掩，無法辨識面貌。

「難道他們大樓裡有住什麼知名人士嗎？」虞因想想，這種高級大樓搞不好還眞的有什麼有名的人，不然就是有人被跟蹤了，總之他先把這件事告知韓時琮，讓他自己去找大樓的管理群反應。

處理完這段小插曲，兩人很快地轉向回家的方向。

也不曉得是不是這幾天註定事多還是怎樣，他們在家門口遇見意料之外的人。

停好摩托車正想按門鈴的大男孩也很意外地看著車輛停到身邊，然後露出一貫的溫和笑容。

「嗨，學長好。」

「不知道的人還以為是大年初一呢，什麼東西都來了。」

抱著平板的東風看著又增加的訪客，嘖了聲。

「我也沒想到這麼快就又得拜訪學長的家呢。」林致淵提著一袋蔥油餅踏進玄關，他本來是想去工作室的，結果沒開，只得殺向別人家裡。

「還沒問你來找我們幹嘛。」虞因看了眼通往客房的走廊，門扉依然緊閉，徐憶蓉和秀秀兩姊妹還在休息。

「關於那起車禍。」提到這件事，林致淵斂起了笑容，「我找了朋友幫忙，對方說小明哥……就是那位死者可能真的沒有回去，人還留在那邊。」

「呃、節哀。」虞因頓了下，也不知道該講什麼，所以上個法師根本沒有好好辦事吧！有沒有帶回去都不知道啊！這年頭詐騙還真是越來越多了，都不怕被苦主的陰間家人尋仇嗎。「有什麼需要幫忙？」

「這倒是沒有，只是和學長說一下狀況。」林致淵其實沒打算讓對方來跟這件事，只是告知一下後續處理讓人心安。「而且我也約了一位滿多人推薦的師父，原本約好早上要過來看看，可是他好像有事情，臨時改時間。」

「所以你才閒著跑來混時間啊。」東風拎起刷著辣椒醬的蔥油餅，覺得自己不太想吃，雖然聞起來有點香。

「也不能說是混時間啦，給你們帶午餐不好嗎。」林致淵很主動地坐到東風旁邊，盯著平板上幾塊很像拼圖的缺塊雜訊看，這些東西已經被組出一串數字，「0122346 66？學長你們在玩解密嗎？」

「鬼才知道答案的解密。」東風把數字傳到群組裡，雜訊解析出來的數字很凌亂，排序不明且部分重複，所以現在先由小到大排列，他還得按照幾個日期盡量復原並推測該有的順序。「啊對了，工作室被負評，有人直接留言抗議了。」

「啥鬼？我們又沒有幹什麼。」虞因一臉問號。

「說白跑兩天都沒有買到甜點，讓人生氣。」打開網頁，東風把謾罵轉給對方看。

「……？有病嗎，工作室網頁明明就寫了這兩天休息沒開，誰教他跑來，跑屁跑，眼睛有問題嗎？」對這種有公告不看的選擇性眼瞎，虞因眞的很想叫對方去看眼科。最近隨著隱藏甜點名氣漸高，莫名其妙有病的人也越來越多，常常有買不到的人在工作室裡瘋狂抱怨又不離開，有時候吵鬧干擾到設計業務的客戶，連聿都考慮要不要改成預約制了，往後不直接販售。

畢竟人家主要賺錢來源不是此道，興趣的事，做得不爽何必繼續公開。

「你永遠數不清隱性腦殘有多少。」轉回平板，東風在上面敲著有問題的影片分格，順便把帶回來的婚紗相本掃一份進去，然後把有問題的那張特別放大處理細部，藏在裡頭的黑影變得更爲明顯，隱約可見上半臉的模糊五官。他拿過自己的繪圖本，快速把幾個明顯輪廓畫下來，很快出現一張基礎半臉。

「這是小孩嗎。」林致淵盯著繪本上的鉛筆圖，感覺年紀有點小。

「是小孩。」虞因接過繪圖本，順帶把在韓家遇到的狀況快速說了下，可惜他沒有看清楚黑影的樣子。「我覺得很可能是摔死的，有高空墜下的失重感，那種撞擊度沒意外是當場死亡。」

「我也幫忙查查吧。」拿出手機把半張頭的繪圖拍下來，林致淵看著東風把本子拿回去，繼續勾勒身體四肢。

透過大量影片與照片，東風倒是抓出了可能的身材體型，加上上半臉，很快就有個瘦弱小孩的大致外觀，甚至連小孩有些微駝的站姿都畫了出來。

「好像眞的是營養不良。」虞因盯著圖畫輪廓，想起當年遇到東風時，對方的狀況也是極爲瘦弱、站姿有點問題。他努力回憶早上看見的窗台黑影，還眞的是四肢異常纖細，不過阿飄有時形態很扭曲，所以某些時候只可以參考用。

此時，走廊門突然打開，徐憶蓉抱著小女兒走出來，看見客廳好幾個人時愣了愣，隨即一笑：「抱歉打擾大家了，我想借用一下廚房幫小孩們弄點吃的。」

「我來。」聿拍拍跟在後頭走出來的秀秀的小腦袋，「有些事情想請問妳，吃的不用擔心，很快就弄好了。」

徐憶蓉不好意思地彎起柔和笑容，她也知道這些年輕孩子們正在幫他們家的事情想辦法，於是順從聿的安排，把嬰兒奶粉和用品交給對方後，帶著兩個女兒先踏進客廳。

這時幾人已經快速把一桌子的圖片和平板收起來，不讓女性看見相關內容，只留下那本婚紗相簿。

似乎韓時琮告知過妻子，所以徐憶蓉看見私人物品出現在桌面並不驚訝，連秀秀都跑到桌邊盯著熟悉的相片。

「我們想問這是什麼地方？」虞因打開有問題的那頁相片，老舊公寓裡依然存在著小小的黑影。

一旁的林致淵已經快速和秀秀混熟了，把小孩帶到旁邊去玩小遊戲。

抱著小女兒，徐憶蓉瞇起眼睛，有點吃力地看著半指甲大的小影子，然後露出吃驚的神情，半晌才說：「這是我們臨時找的地方，本來預定要拍照的景不能去了，剛好路過這裡，我覺得很適合，又有點順眼，所以才敲定在這裡拍廢棄風格。」說著，她報出路名與附近的幾個地標。「我特別記得那天拍照時有點冷，明明上午還是大太陽一直流汗補粉，結果下午冷到起雞皮疙瘩，阿琮還打好幾個噴嚏，回旅館時被我灌了感冒藥。」

「你們有進公寓裡嗎？」虞因順口向對方要個電子檔，按照他們拍的這種高級套裝，肯定會有全部電子底片，裡頭很可能有拍到其他東西。

「沒有，雖然我覺得景色很順眼，但那棟公寓莫名有種不太好的感覺，加上環境頗髒亂，所以我們就沒進去了。」徐憶蓉努力回憶當日拍攝的細節，隨後搖了搖懷裡的小女兒，小小的嬰兒發出幾個聲音，又憨憨地睡過去。「大概是太荒涼了吧，當時攝影師怕裡面年久失修、也怕弄壞婚紗，所以大家都同意不進去拍……我們是在那邊被跟上的嗎？爲什麼要跟上我們？」

「這個還不確定。」虞因看對方的表情不像在說謊，更覺得奇怪了。若是外來跟上的，那和因果有什麼關係，更別說不畏家裡的神像，一堆大師還找不到存在感。

韓時琮和徐憶蓉總有一個人有問題。

「妳的腳是受傷嗎？」東風指了指女性有些問題的左腳。

「聽說是小時候受傷的，可是我不記得了，養父母也不太清楚是怎麼回事……等等，你是男孩子嗎？」徐憶蓉瞠大眼睛，上上下下打量提出問題的東風。說真的，她一直以爲這是女孩，直到對方現在開口。「果然漂亮的小美人都是男孩子。」

「……」

如果沉默可以殺人，東風覺得自己大概會一輩子不想說話。

□

「秀秀平常都在玩什麼呢？」

相較於大人們那邊尷尬的沉默，林致淵和秀秀在角落反而處得很好，他在偷偷塞給小女孩一把巧克力後，兩人的友情瞬間升到高點。

「娃娃、唱歌書書、ＡＢＣ。」秀秀像模像樣地扳著小手指，「跳高高、平板、和葛格玩。」

林致淵聽見葛格時往虞因那邊看了眼，接著摸摸小女孩的頭，笑容可親地說：「跳高高是什麼遊戲呢？秀秀可以告訴哥哥嗎？」

眼見秀秀突然貼到林致淵身邊，就像剛剛兩個人一起把巧克力藏到口袋時的小舉動，她笑咪咪地小聲說：「從高高的地方跳下來呀，爬高高、跳高高，秀秀跳，小淵哥哥可以接住秀秀。」

「平常都是誰接住秀秀的？」林致淵在心裡微微皺眉。他不太清楚韓家的事，但小女孩的回話讓他下意識感到不對。「秀秀在家都爬很高嗎？」

「沒有，會被把拔罵罵，不過可以在沙發上滑滑梯。」

秀秀比劃了下沙發的高度，和虞家的沙發其實差不多高，對成人來說沒有什麼問題，但三、四歲的小孩如果從上面玩耍蹦下來，沒跳好還是很容易受傷。

礙於徐憶蓉在場，林致淵先把疑惑放在心裡，打算晚點問問學長們怎麼回事，正好這時聿也端著餐盤和泡好的奶瓶走出來，他就把女孩牽去吃飯。睡了一上午的小女孩顯然餓扁了，很快便沉迷在美味的粥湯裡。

因為外人在，幾個人不方便當著人家的面研究對方好友生活圈的那些影片、照片，虞因在聿隱晦地示意下又問了幾個問題。

「妳對這些數字有想法嗎？還是有沒有眼熟的？」把解析出來的那串數字遞給徐憶蓉，虞因說道：「不一定是這個排序，類似的都可以。」

徐憶蓉看了半天，還是搖頭。「我們家的保險箱也不是這個數字，生日和結婚紀念日都不是，問問阿琮？」

「等等也會問他，那妳對這個人有印象嗎？」虞因拿過東風的繪圖本，把缺了半張臉的素描放在對方眼前。

盯著圖畫看了一會兒，徐憶蓉依舊茫然搖頭。「我沒有看過……這是誰家的小孩？等等，該不會是出現在我們家的那個？可是我完全沒看過呀？」

虞因正想說點什麼，一滴小水滴突然啪答落在他的手背上，下意識往上看的瞬間，他冷不防與趴在天花板上的蜷曲小影子直接對視，某種冰涼刺骨的溫度環繞在他四周，就像今天早上他把韓時琮一家四口接進來時一樣，冷到快讓人窒息。

然後小身影手腳放開，直接從天花板砸下來，爛泥一樣糊在客廳地板，變成一灘人形影子滑進沙發底下。

他有點恍惚地看著沙發，暗紅色的雙眼藏進底部黑暗，往外窺視。

周遭溫度驟然回升，手機鈴聲響起，刺破剛剛一瞬的冰冷氛圍。

虞因見周圍的人好像都沒發現剛剛短暫幾秒裡的異狀，坐在一邊的聿正接起手機，上面顯示的是陌生來電，雖說陌生，但號碼又像在哪見過，接通的同時聿也起身，「有客人。」

又有客人？

慢了幾秒才反應過來，虞因第一時間不是跟著去接訪客，而是倏地轉向東風，把腦袋裡電光一閃的想法脫口而出：「電話號碼！」

「……啥？」東風一下沒反應過來。

「那串數字，應該是電話號碼！」虞因也說不出來爲什麼，就是有這種感覺，而且他覺得沒錯，就是電話號碼。

「你可以順便報正確順序嗎？」直接跳過爲什麼這麼肯定的環節，東風放棄追究靈異的部分，改問實際的問題。

「沒有。」虞因遺憾地說。

「要你何用。」東風嘖了聲。

「說好不彼此攻擊。」如果他可以通這麼多號碼，他還不如直接求大樂透啊靠！

相互對嘖間，聿也把客人帶進來了，是個陌生中年人，但卻讓正在幫忙餵秀秀的林致淵整個訝異地站起身。

「周先生？」

虞因沒想到韓時琮最後找的那位「大師」會直接殺到他家來，而且還與林致淵找的「師父」是同一人。

周震是個外表看起來相當嚴肅剛硬的中年人，約莫三、四十左右，與一般人想像的那種穿道袍或素衣的大師不同，他就穿著一身很隨意的休閒服，看起來大概是懶得去剪的頭髮很隨意地草草抓在腦後，體魄稍有些壯，如果不是事先知道他是個大師，整體散發出來的氛圍反而有點像軍人。

「你怎麼在這裡？」周震看見林致淵也有點意外，大概是沒想到出問題的兩戶可以會集成一戶。

「您怎麼……！」徐憶蓉也露出驚愕的神情。

不，與其說驚愕，倒不如說有點害怕。

看到這一幕的虞因後知後覺想起，徐憶蓉就是因為最後請了這位大師才會拒絕再找宗教人士來家裡。

林致淵放下手上的小碗，摸摸秀秀的頭才走向男子。「周先生您好，這是我學長的家……唔。」才剛靠近對方，迎面就是一股水霧噴來，他一時反應不及，直接被噴個正著。

「不是告訴你去找福大的人庇護嗎！想死？」周震斥喝的同時，手上的噴霧罐又連按了好幾下。

看這位大師彷彿在按什麼殺蟲劑的神展開，虞因一時錯愕得不知該講什麼，直到對方把林致淵噴得一張臉濕淋淋地才回過神。「呃、您好，小淵怎麼了嗎？這是什麼水？」身爲一群人裡年紀比較大的那個，他正想代表說點什麼時，對方的殺蟲……噴霧罐就對向他。

聿快了一步擋在虞因面前。

周震瞇起眼睛，上下打量了兩人，視線最後停留在聿身上。「你傳的一堆廢話？」

「嗯。」聿盯著沒打算放下的噴霧罐，有點不悅地皺起眉。透明噴霧罐裡裝的東西似乎是水，但更像不明液體，不過林致淵看上去沒有毀容也沒有過敏反應，無法得知作用。

「你運勢還好，你後面那個要糟，這是觀音淨水，閃邊點讓我噴兩下。」周震直接繞過聿，不屈不撓地也往詫異的虞因臉上來兩下才把噴霧罐收回背包裡。

「您的觀音水眞多。」已經有過經驗知道那是什麼的林致淵無奈地抹了抹臉，他連領口都濕了，感覺有點冰冰涼涼。

「如果不是你們這種天堂有路不走的不知好歹，得收集這麼多嗎。」周震都要被氣笑了，銳利的視線往屋內幾人臉上掃去，最後停留在虞因臉上。「你是不是出生沒帶腦？」

「……？」虞因不知道該怎麼接對方的話。

「你是不是出生沒帶禮貌？」坐在沙發上的東風懶洋洋地瞇起眼睛盯著嘴巴不怎樣的陌生人。「打狗也要看主人，先看看這裡是誰的地盤。」

「對於你們這種動不動就去找死的小孩，需要多少禮貌。」周震被嗆了幾句也沒生氣，揚揚手並沒有把挑釁聽進耳，再次緩慢地把視線放回虞因身上。「一個個身邊都帶煞，別人是前世因、今世果，因果輪迴善惡終報；你們是直接多事涉入別人的因，要知道惡果肯定有你們的份，好果未必會有。」

「但是可以幫到很多人。」虞因雖然不太清楚周震指的是哪些，不過他大概知道對方的意思，對於插手過的很多事他並不感到後悔，如果時間倒流，他肯定還是會去多事的。

周震突然往前凝視虞因的臉，過了半晌才嘖了聲退回原位：「看來也是有些知恩圖報的傢伙，否則你現在不會站在這裡。」

「……？」這次虞因就不知道他在講啥了。

「你是不是有陣子很常無故見血，你命裡有個要命的病劫，在過去兩年就該應驗，人不可能這麼健康，現在看起來是很多善緣幫你化掉了。」周震看著青年不知該說大凶還是大吉的面相，不過這種到他這邊一律都用三個字形容：找死相。這種就是經歷過各種大災大厄，很多本來應該和他無關的渾事他去插手，十多種福禍並行又沒有及時化解，直接動搖本命，因果業障亂成一團。

聽著大師後面的形容，虞因有點傻眼，然後無辜地看著冷冷瞪著自己的兩個小的，真心想要喊冤枉。

「學長還有救嗎。」林致淵憂心忡忡地舉手發問。

「不然你出家吧，剃了住寺裡可以斷塵緣。」周震提出一個十分有效的消災解厄方式。

「……先不要。」虞因總覺得最近好像不是第一次聽到有人想殘害他的頭毛了。

「還有你，本來運勢就在低了，上回告誡都沒聽到腦子裡嗎？」周震倏地把槍口轉向還敢替別人煩惱的林致淵。

「我還沒低完嗎？」林致淵默默退了步。

「你低完了還用找我嗎？」周震冷笑。

相當有道理。

林致淵無話可說。

「你們要先處理正事嗎？」看幾個人把苦主晾在旁邊，說起了面相運勢，東風聽了好一會兒才打斷。

「你也是個短命相，出入小心點。」周震丟了一句話過去。

「……」東風開始思考所謂的大師吸了清潔劑毒氣會不會死。

等周震把幾個人都噴過一輪後，才終於看向目瞪口呆的徐憶蓉。「先前我就告訴過妳，事有根本，妳一味找那些東西都是沒用的，不去面對因，就解不了這個果，那些神像不會濫傷無辜，那是與妳有關的性命，妳總不能享盡好處還想置身事外吧。」

「胡說八道！」徐憶蓉突然神色激動了起來，懷裡的嬰兒似乎感受到母親的情緒變化，跟著嚎啕大哭。她連忙安撫小女兒，等到孩子哭聲慢慢停止後，才繼續開口：「我根本沒有害過人，你胡說八道！」

「沒有說妳直接害人，但與妳有關的人命，妳真的沒有印象嗎？」周震凝視著因爲憤怒不斷喘氣的女性。

「我不知道你在說什麼，我確實沒有傷過誰的命，從小到大的記錄你們大可儘管去查，我問心無愧。」徐憶蓉慢慢地調整好呼吸，冷漠地開口。

虞因見氣氛變得很僵，不得不介入，避免這嘴巴撿到槍的大師和徐憶蓉吵起來。「先不說這個，韓太太妳有印象家裡開始變奇怪之前，有什麼不太對勁的事情嗎？」他把大師請到旁邊的單人沙發入座，然後讓聿泡杯新的茶水過來。

徐憶蓉面對虞因臉色好很多，配合地仔細思考了一會兒，搖搖頭，「如果有不對勁的事，我應該會知道，因爲我常常和朋友直播，其他人也能看見，就和阿琮給你們的影片一樣，等我們注意到時已經發生了，似乎沒有很明顯的前兆。」

「眞的沒嗎？例如電燈突然閃爍、好像家裡有人走動、一些東西找不到或移位、手機或通訊軟體在奇怪的時間響起來……」

「等等。」徐憶蓉皺起眉，打斷了虞因的舉例。「我有一段時間很常接到無聲電話和奇怪聲音的電話，有時候一天好幾次，可是那不是騷擾電話還是篩號那種收集個資的嗎？」

「奇怪聲音是什麼聲音？」虞因問道。

「風聲，還有些很遠的人在說話的聲音，但是聽不清楚，大概都幾秒而已。」說著，徐憶蓉取出手機，播放自己留下的錄音檔，短暫幾秒內確實是很輕微的風聲，或者是講話聲，聲音聽起來有些距離，似乎是附近其他人家正在聊日常。「有一支比較奇怪，但是我沒有錄到，當時接起來是個有點老的男人，直接開口說『妳以爲躲到這裡就可以了嗎』。因爲是陌生人，我直接掛掉，後來這電話又打了幾次，好像就沒有了。大約是前幾個月的事情，不過那時候家裡已經有怪東西了。」

「手機可以借我看看嗎？」東風接過對方遞來的手機，果然有不少未顯示來電。如果用意是騷擾，他傾向對方很可能是使用公共電話，這得去查一下通聯記錄。

徐憶蓉又想了幾分鐘，不過沒再想到什麼不對勁的事了。

這時候，聿突然出聲：「秀秀身上的瘀青是怎麼回事？」

抱著嬰兒的女性一臉疑惑地微微偏頭，似乎相當不解這個問題。

「秀秀身上有瘀青嗎？」

□

「徐憶蓉果然有問題。」

午後，按照韓時琮的安排，徐憶蓉母女被保母接到旅館，留下的幾個人才開始談正事。

聿趁母女三人準備好去搭車的空檔做了一桌的菜，還多做了幾道素菜供周震吃食——不知道他吃葷吃素，反正都煮好了他自己會有選擇。

看著色香味俱全的飯桌，周震當然不客氣地坐下來享用。「你這個素菜不錯，和我們那邊的寺有得拚，改天請你們去吃一頓，寺裡的伙房先前還有一些網紅闖進去拍美食。」

「周先生是出家人嗎？」虞因見對方吃的是素菜，有點好奇地詢問。

「不是，修心隨緣。」周震很爽快地回答：「我這個人雜念多，修佛問道沒我的份，佛在心中就夠了。」

雖是這麼說，但虞因覺得這人很不簡單，先前聽過林致淵描述租屋案那時醫院發生的事，加上對方今天說的一些話，感覺就是個很有深度的大師。

飯桌上不帶火氣，就連周震說話的語氣都隨著吃吃喝喝緩和下來，三兩句又轉回韓家的事情上。

「那因果跟著韓太太，她要是不解，這事情沒完。」周震感嘆地挾了一塊紅燒豆腐。

「和韓先生沒有關係嗎？」虞因想想，把韓時琮遇到的事說了一遍。雖然韓時琮後來衣服遮得很好，不過除了手臂，其實身上也不少摔飛造成的瘀傷。

「沒有。」周震搖頭，「原本應該是不至於鬧那麼大，但那東西發現活人想找出祂、和祂接觸，祂模模糊糊也反射性回應接觸，接著來了個看得到的你，祂不免動作大了點，急欲讓你找到祂，整房子裡不動女人小孩，屋裡就只剩他可以動了，他就是衰的。」

「……」如果韓時琮聽到這個結論，大概會委屈到哭出來。虞因想著那張被翻到牆壁上的床，所以這是想要把韓時琮趕起來做事嗎？也太憂傷。「但是事情那麼多年都沒發生，爲什麼偏偏這段時間才開始呢？」他們多年前拍婚紗就已經拍到影子，爲什麼會沉寂這麼久？

「有時候就是時間到了，有時候是某人先起了頭，一旦開始，那就得把事情辦好，否則原本好的也會變成惡的。」周震說到這裡，頓了頓，用一種懷疑人生的目光上下掃視坐在旁邊的虞因。「我去韓家時，那東西沒個存在感，我是從徐憶蓉臉上看出她有個因果未解，故人已亡，且不願和其他人交流；然而你去之後發生變化，你們有緣，看來這事還是得你多跑幾趟了。」

「……我不是專業的。」虞因有點欲哭無淚，本來熱呼呼的飯菜都變得不好吃了。

周震摸摸下巴，神情嚴肅且憤慨。「認眞來說，我也不是，但他媽就是一堆人拚命打我的電話喊我大師，不知道是哪個業障東西搞我。」他的本業根本不是看相看命看鬼！

虞因很理解對方的心情，「我懂！也有個業障東西在搞我！」

林致淵看著兩人突然出現惺惺相惜的氣氛，就乖乖吃飯不敢說話了，因爲他就是找大師的其中之一，而且也麻煩過學長。

一邊的聿覺得心裡浮現了幾句想要吐槽的話，但還是連著湯一起沉默地吞下去。

「所以你們是一個天生管閒事，一個天生愛惹事嗎。」東風很苛薄地給予評價，接著收到兩雙幽幽的鄙視目光。

「徐憶蓉似乎不打算合作。」林致淵咳了一聲，硬著頭皮把話題帶回正軌。「而且她很怪……」

聿問到秀秀的瘀青時，徐憶蓉很明顯有些愣住，接著道出的問句就更加詭異，於是他們很有默契不繼續追問，直到母女三人離開。

「上回我在她家告訴她得解因的時候她也這反應，呆了一下，接著滿口他家不用再找人幫忙了。」周震大致描述自己當時被找去韓家的狀況。其實並沒什麼特別的，就像韓時琮先前說過的一樣，他原本不想管這件事，然而被對方堅守大門搞到不得不來一趟，沒想到去了之後感覺不到東西，觀察韓家一家大小發現問題癥結在徐憶蓉身上，如實告知後對方一臉疑惑，接著堅決說自己沒有問題，就鬧著沒事不要找大師了。

「什麼狀況下才不會被神像佛牌攔住啊？」虞因隱隱覺得好像猜到了點什麼。

「本來就該在那裡的人。」周震立即回答：「因果糾纏、欠債未償、血緣至親、冤屈待清……這幾個都是很可能可以自由來去的，另外就是陰氣過度強盛，普通神像壓不住，例如坊間流傳的厲鬼。」

「大師可以指引條明路嗎？」虞因企盼又誠懇地發問。

「你知道暴天機會折壽嗎。」周震用關懷智障的口吻回答：「滾！」他要是有這麼靈他就去買大樂透蓋廟了。

雖然沒有辦法拿到明路，不過周震已給他們不少思路和指點，至少確定下來是徐憶蓉有問題，可以節省排查韓時琮的時間，虞因和兩個小的互換視線，大致知道該怎麼擬路線了。

總之，那個拍照地點要跑一趟，然後是徐憶蓉待過的育幼院，生長環境和學校這些就得仰賴虞佟他們幫忙查看看，以及東風詭異的朋友圈入侵。

決定好後，虞因開口問另一件他同樣很介意的事。「所以，小淵那邊發生什麼事了？為什麼人沒有招回去？」

早就知道會被這樣詢問，林致淵不慌不忙地放下筷子，回答：「還不清楚，本來今天拜託周先生撥空去看一看，沒想到學長這邊比較緊急。不過我想應該是之前出了什麼差錯，沒做好才這樣吧，周先生也有給我們幾家正統宮廟的聯繫方式，晚一點我再去聯絡。」

「唔……」見林致淵好像不想多談死者，可能真的是不錯的朋友，出事了讓人難過，虞因也不好意思強問。

吃飽飯後，周震大概是因為在別人家吃了一餐，拎著林致淵離開前把那個噴霧罐塞給虞因。「頭暈腦脹時噴一噴，去找線索的時候不要太過深入，適可而止啊。」說著，他往比較沉默的聿看了眼，搧搧手沒說什麼就離開了。

□

「電話是06開頭。」

把手邊排列出來的幾個數字遞給聿，東風繼續盯著還沒順完的另外一半。「按照所有影片出現的時間和次數，前面幾個是06221，剩下四個。不過確定是電話號碼。」看這號碼的開頭，也不知道巧不巧，正好就是韓時琮兩人那張婚紗照地點的區域號碼。

有種果然如此的感覺。

聿看向正在講手機的虞因，後者正在把今天的異狀告訴韓時琮，知道韓時琮是個倒楣鬼後就直白很多。

對於徐憶蓉突然不知道瘀青的事，韓時琮表示驚訝，手機擴音傳來的訝異毫無遮掩。

「不可能，當時我們一起去醫院檢查的，憶蓉還很自責沒發現那些小瘀青。」韓時琮聲音裡帶著濃濃不解：「這些問題我們都和其他大師講過，她不可能突然在這上面說謊……這……」

「您妻子是否曾有過幾次恍神後，有些事情突然忘記的狀況？」聿走到桌邊，發問道：「或是明明很清楚的事情，她卻否認？生活雜事也可以。」

韓時琮停頓了幾秒後，有點狐疑地回答：「確實有過你說的狀況，不過都是小問題。」

「例如？」

「呃、近期的話，大概半年前因為家裡的事讓我不太放心，所以特別向公司申請回到台灣分部。但是下飛機回到家那天，憶蓉卻整個很驚訝，她完全忘記我會回來。我以為是家裡雜務太多讓她分心，一時忘記很正常，她有點小迷糊，偶爾會忘東忘西，我們交往時就知道了。」韓時琮又說了幾件生活上的小事，其實這些事一般人也會發生，多是隨口講過就忘，並不特別。

聿又問了幾句，之後韓時琮上司找人，便先掛斷通話。

「徐憶蓉記憶有問題嗎？」虞因比了一下腦袋。加上先前種種，不論是否認某些已知的事項或是翻臉不要大師處理家中狀況，再到突然戒掉網路使用，皆明顯指向韓時琮的妻子精神不對勁。

「再看看。」聿思考了半晌，覺得這必須要身為丈夫的韓時琮說服妻子主動去檢查，徐憶蓉雖然尋求他們幫助，但面對大師時的表現卻出現了很強的防備，十之八九不會好好聽他們說話，搞不好還會弄巧成拙，這種攸關人身的問題只能讓她最親密的人來勸說。

「對了，我發現一件事。」收起手機，虞因在客廳走了一圈，又看看沙發底下，確認先前的感覺應該沒錯。「『那個』跑了。」之前縮進沙發底下的外來者完全消失。

「所以沒有地域性，祂是跟著人而跑。」聿點了點重新拿出來的相冊。可以確認的是那個存在從南部跟著到韓家，然後又從韓家跟到虞家，很快又從虞家跑掉，目標相當明確，就是跟著韓家的人跑，如果範圍縮小一些，就是跟著徐憶蓉移動，現在很可能已經去了旅館。

「……要跟韓先生說一下晚上睡覺小心嗎？」虞因也想到阿飄路跑的終點站，替韓時琮抹一把同情的眼淚。昨天被掀飛的高級菁英雖然很努力克制情緒，但不難看出被嚇得半死，今晚要是在旅館又被掀一次床，恐怕真的會帶著一家大小去寺廟投宿。

「既然周震都說那麼明白了，他妻子不合作，他也就只能忍著。」東風毫不留情地冷嗤了聲：「搞不好翻著翻著就習慣了。」

「不，應該不會習慣。」虞因邊訂今天南下要住宿的地點，邊發訊息給韓時琮，讓他晚上回旅館時小心些。

韓時琮回了一個深沉的問號。

虞因想了想，把訂單傳給對方報帳。

聿直接去收拾兩人的行李，這時間下南部還要調查當初拍照的地點，得留宿一晚。

見兩人開始準備出遠門的物品，留在家裡的東風順手替他們圈好地圖和最佳行駛道路，正要繼續和那些雜訊圖片糾纏時，他皺起眉，隱約有種奇怪的感覺，讓他下意識抬起頭，往客廳落地窗方向看，就這樣與一雙怪異的眼睛對上。

虞家的落地窗外有個小庭院，接著是其後的圍牆，圍牆有點高度，因爲大人不常在家，所以很久以前就已經在外圍架設了監視器。

現在那道圍牆上面露出了半張臉，略微泛黃突出的一雙眼睛直勾勾地看進室內，與抬頭的東風目光撞個正著。

東風只愣了半秒，立刻反射性從地板上跳起來衝出小庭院，那半張臉也很快咻地消失。

比較慢追出來的虞因只看見東風黑著一張臉走回來，打開他家的監視器連線，倒回幾分鐘前，赫然看見有個鬼鬼祟祟的人趴在圍牆外盯著裡面，正好就是落地窗看出去那個位置，被東風發現後跳下圍牆，老鼠一樣直接竄出去，立即轉進外面的監視器死角溜了。

「什麼鬼。」虞因馬上聯絡虞佟，他家因爲有警方關係，有時候很可能是衝著他兩個老爸來的犯罪者。

「我去追監視，你們準備好就出門吧，線上聯絡。」東風把手邊的紙張稍作整理。先前因爲一些事情虞夏常給他行方便，也因此認識了不少相關人士，所以去附近的派出所或分局應該很快就可以調到路口監視器。

「小心點。」虞因隱約覺得好像哪裡不太對勁，但又說不出來，不過東風是要去警局借調監視畫面，所以安全還算是有保障。

很快地，兩人行李收拾好，因要爭取時間，便匆匆盡快出門了。

送走虞因兩兄弟後，東風也拿了自己的背包出門，剛出門口手機就收到訊息，是虞夏告知他已經調到周邊的監視畫面，讓他自行前往，隨時都可以看，並且稍晚一點會派人來和他會合。

接著他又收到幾個壓縮檔，點開是一批圖文資料，還挾帶著大量生活照片。

這些照片幾乎都是拍攝同一個人——徐憶蓉。

從她國中到大學時代的在校照片都有，雖然有點年代了，不過校方還是保存了不少當初的班級照片，能看出那時少女的交友圈就已經相當廣，每張照片中她周遭都環繞了不少人，眾星拱月一般，似乎沒有因爲那不太起眼的殘疾出現不自信之類的狀況，相反地，笑容裡還充滿陽光與能量。

東風快速看了一輪相片，每張都是這樣生氣蓬勃的笑容，非常討喜。討喜到……似乎已經相當習慣這樣的笑法。

突然意識這代表什麼意思時，他立即快速檢查所有檔案最早的記錄時間，沒意外，全都在國中，國中的少女就已經是這樣的笑法，恍若練習過許多次。

翻了一會兒當時留下的導師評語，他立即撥了通電話出去，彼端近半分鐘才被接起，背景音哄哄鬧鬧的，一片混亂。「我要查徐憶蓉在寄養家庭或育幼院、兒童機構時的精神輔導狀況，如果有的話……嗯，她原生家庭問題很可能比我們預想的還要更大。」

這種笑容怎麼看都是過度習慣面對外界攝影形成的。

原本看她社群影片與照片時，以爲她是因爲喜歡這些生活分享而養成的營業式笑容，就像現在大部分慣用網路的人一樣。

但現在看起來並不是。

徐憶蓉年齡不算小，按她照片回推笑容形成的時間點，那時候並不像現在智慧型手機與社群網路發達，要養成這種面對鏡頭就出現特定笑容的習慣，必須經過不少練習。而須練習到成爲慣性只有幾種原因，特別是這種有目的性、想討好外人的笑。

東風快速交代幾點，並把這些發現傳給虞因兩人，然後皺著眉收好手機準備前往警局。

一道晦暗視線隱隱射來。

他轉過頭，順著視線掃過停在街邊的整排車群，看見半張臉正從一輛貨車邊陰惻惻地盯著自己，就像不久前從圍牆處窺看一樣，森冷的視線一觸即動。

這次對方不是逃走，而是衝向他。

韓時琮忙碌了大半天，好不容易才將工作交接好並補上各種資料，然後硬著頭皮去向上級陪笑道歉，說明接下來的部分計畫。

認眞地說，活了三十幾年、兢兢業業地全心投入工作至今，他完全沒想過會用「家中有鬼」這種事來向公司爭取更多事假，而且上司還眞的答應，雖然只能在忙碌中擠個一天半天地這樣交互請。

午後拿著公事包匆匆離開公司時，櫃台小姐突然喊住他。「韓先生，剛剛外面有個怪怪的人要找你。」

「怪怪的人？」韓時琮有點疑惑，通常如果是拜訪應該會直接聯絡到他的內線，沒聯絡又加上怪怪的這個形容，可能櫃台認爲是非相關人士而被請走了。

「嗯，有一位感覺很瘦的老先生，可能六、七十有了，說是您的親家，但我問他關於您與韓太太的問題時他又含糊不清，所以我就請他離開，眞的是親家的話私下與您聯繫。」

櫃台小姐描述了老人的樣子，可能是長期吃食不算好所以有些枯瘦，皮膚也蠟黃泛斑，衣著過時破舊，韓時琮搜刮了腦袋裡的記憶，很確定自己並不認識這樣的老者，更別說親家了，他妻子的養父母早過世了，親戚方面相當單純，結婚宴客時幾乎都見過面，確確實實沒有這麼一號人物。

沒想到都這種年代了，還有奇怪的親戚詐騙。

不知道是不是從公司的網站上看到他的相關資料才用這種老方法想來唬爛。

韓時琮進入公司的時間挺早，幾乎是公司開拓業務奠定基石的元老之一，爲了讓更多新舊客戶心安，於是公司對外公開的高管頁面中有他的介紹，加上他投資眼光挺準，算小有名氣，財經網站訪問過他幾次，有心想搜索他的相片和新聞可以找到不少。

就是沒想過眞的有人會按圖索驥來搞過時詐騙，都什麼年代了嘖，怎麼會以爲這樣騙得了人。

韓時琮對這件事一笑置之，因急著去旅館找妻子和聯絡虞因等人，讓櫃台小姐注意點，如果有問題就聯絡警方，交代幾句後便匆匆離開。

稍早虞因告知過，知道他們去了南部當初婚紗拍攝的老舊社區。想想眞的是滿爲難人家小孩子的，明明他才是三十多歲的大人，結果看見非自然畫面嚇得和小雞一樣，只能倚靠小孩們幫忙，處理過工作後冷靜思考，真的丟臉到老家了，等事情結束，不管有沒有成功解決，都一定要包個大紅包給他們。

……還要請他們吃很多好吃的東西。

正在腦袋裡盤算如何報答，韓時琮突然感覺有人在扯自己的衣角，隱約瞥到像是小孩高度的位置，他沒想太多就低頭一看，下秒直接與一雙泛著血色的無神眼眸對視。

那瞬間，他覺得差點心臟病爆發，被嚇的。

拉著他的蒼白小手透出灰紫的異常顏色，上面還有一塊一塊腐爛的斑紋，帶著略微點狀出血的瞳眸直勾勾地盯著他，一張腐敗小臉晦暗地微微偏著。明明是晴空萬里的下午，熾烈的陽光就是無法照到僵冷的小孩身上，五、六歲大的孩子好像完完全全地縮在他的影子裡面，等待他的回應。

韓時琮整個感到窒息，他可以察覺到小孩的手指慢慢移到他的手上，那種冰冷的溫度簡直像從冰箱裡拿出的肉類，僵硬且毫無彈性，無機到讓人毛骨悚然。

小孩發黑的雙唇費力地上下微啓，似乎很想說點什麼，但從裡面只發出一種詭異的呵呵喘息聲。

倏地，小孩突然扭過頭，好像看見什麼可怕的東西，寒冷的小手指用力收緊，韓時琮還來不及感覺疼痛，詭異的小身影猛然消失在他的視線裡，就像出現時那麼猝不及防，他也在同時恢復了被嚇得遺忘的理智與行動能力。

一陣孩童的嬉笑聲從他身邊擦過，定睛一看卻什麼都沒有，但適時地驅逐不自然的冰冷，讓氣溫稍稍回升。

「你沒事吧？」

好心的問語打破肉眼看不見的可怕空氣，韓時琮這才回過神，意識到有個成人站在自己面前，有點擔憂地盯著自己。

「我、我沒事。」韓時琮下意識抹了把臉，發現出了一臉冷汗。

「你臉色很蒼白，要不要去附近坐坐？」約莫二、三十左右的男人好心地按著他肩膀，指指公司旁的露天咖啡座。

韓時琮眞的被那東西嚇怕了，相當需要有個活人陪在一邊，尤其是他看了時間，發現自己以爲很長的恐怖時刻在現實中竟然只不到三十秒後，他立刻順應對方的好意，一起走向咖啡座，點了一杯熱騰騰的飲料，抖著手先平靜心神。

「請用。」好心男人遞來一包酒精擦。

反射性接過小包裝用品，韓時琮很崩潰地看見對方遞東西給他的原因——他的右手上沾黏著彷彿摸過泥巴似地一塊塊泥土，而那被沾染的地方正好是剛剛小孩抓住他的位置。

戰戰兢兢地擦掉手上泥巴後，韓時琮握住咖啡，還有點後怕地發顫。

好心人大概看出他驚魂未定，雖然不知道發生什麼事情，不過很快遞出了名片開口介紹，順道說了幾句這家咖啡的香氣不錯之類的，試圖轉移他的注意力。

韓時琮恍神地聽著那些話語，只知道對方是個道具師，和妻子這幾天發生了點事情所以在附近住宿散心，剛好出旅館幫妻子排個當地知名小吃，路過看見他滿臉驚恐地站在路邊，才來關心幾句。畢竟他穿得人模人樣，手上還帶著公事包，對方八成怕他是工作過勞，原地猝死。

見韓時琮臉色逐漸恢復正常，好心人又多講了幾句工作之餘也要好好休息什麼的，才拍拍他的肩膀帶著咖啡杯離開。

在咖啡座平靜了半晌，剛被嚇傻的社會菁英憤而撥通手機，等到對方接通之後他聽見另端有點雜音，似乎是在車上，隱隱還能聽見有高速的車呼嘯而過。

「你不是說『那個』應該是墜樓的嗎？」韓時琮聽見對方問好的聲音後，帶著剛剛被驚嚇的餘悸低嚎。「我覺得祂是被埋的、窒息埋死的！」因爲剛剛被嚇得夠嗆，他反而很清晰地記下那雙無神恐怖的眼睛。於是，他斷斷續續地將不久前的異狀告訴對方，但基於自己是大人的身分，他很快地收拾好情緒，雙方確認了下問題點後，才掛掉通話，帶著早已冷卻的咖啡起身。

不論如何，還是要快回旅館和妻女聚聚，確保她們在旅館的安全，真的不行，就得趕快去寺廟掛單了。

正要把椅子推回去的那瞬間，韓時琮也不知道是下意識還是這幾天被嚇出來的敏感，總之他感覺有個視線在盯著自己，反射性往射來詭異目光的方向看回去，接著視線裡出現的是對街處有道鬼祟身影，很顯然上一秒還在窺視他，意識到兩人眼神對上了，那個有點猥褻的人影立刻轉身就跑。

這次不是鬼！

韓時琮憤怒地拔腿追上去。

他對鬼沒辦法，對人還有什麼好怕的！

雖然是這樣想，結果對方跑得比他想像的還要更快，韓時琮過了一個斑馬線就把人追丟了，於是只好忿忿扭頭去找計程車回旅館。

提著一袋食物進入旅館，在櫃台領取存放的門卡後，韓時琮終於有種可以稍微鬆口氣的感覺，大概就類似於今天的壞事都發生過了，接著應該是負負得正，迎接他的該是妻女甜美又可愛的笑容。

帶著自我振奮好的精神，他以大大的笑容推開門扉，下一秒，所有表情凝固。

偌大的家庭客房中，他的妻子並不在可見範圍內，小女兒在柔軟的床鋪上小聲地打嗝，大女兒……大女兒正在對於孩子來說過高的梳妝台桌上來回行走，注意到父親進來後，還很高興地用力揮手。韓時琮倒抽一口氣，連忙衝過去把女兒抱下來，秀秀似乎並沒有意識到自己的行為有多危險，還很開心地往爸爸臉上大力親一口。

放下秀秀，又安撫了一會兒小女兒，韓時琮才從秀秀口中知道媽媽進廁所已經很久，他立刻轉頭去開浴室，幸好沒有上鎖，但也沒有開燈，浴室裡昏暗一片，他心中溫柔美好的妻子背對著他站在一片陰影裡，面朝鏡子，平滑光亮的鏡面能看見他妻子臉上固定著的微笑。

站在黑暗中的女性在門打開後，緩緩轉過頭，迎著光線照來的地方，那張幾乎已經笑僵的美麗面孔微微側了個角度，乾燥的嘴唇張開的同時撕扯到了嘴皮，露出迸裂的深色血口。

「你回來啦……老公。」

□

虞因按掉手機通話。

駕駛座上的聿瞥了他一眼，非假日、也不是上下班尖峰時刻，高速公路還算順暢，他們再過一小段時間就可以下交流道。

韓時琮在公司外面被嚇爆的過程通過擴音功能，車內兩人聽得很清楚，這時候他們都發現可能有個問題被忽略了，尤其是幾次下來看得比較清楚的虞因。「……我覺得，我可能搞錯了，這次該不會是兩個？」他很確定黏在韓家裡面那個是墜地死亡，然而現在韓時琮告訴他們是窒息且帶著泥土？

他突然想起兩夫妻帶著孩子來的清晨，車內確實拍出了個帶泥土的手印，但因爲之後與滿是鮮血的畫面做了連繫，以及從頭到尾都是獨個兒出現的黑影，所以造成他們主觀認爲是同個黑影引起的怪異現象。

如果是兩個呢？

一個墜地而亡，一個疑似窒息而死。

這是什麼狀況？

徐憶蓉牽扯到兩條人命？而且都是孩童？

虞因帶著滿腦袋不斷浮現的問號，把事情打在群組上，因爲林致淵和大師可能還在一起，可以轉述，所以他偷懶用的是上回鬼屋那個相關人士大群組，順便告知自家老子們，發出後他才想起群組裡還有阿方他們兩人，果然下一秒就看見阿方緩緩地浮出一個問號。

……所以說人不能懶。

過懶而沒有重拉群組的下場，就是他得多花時間打字，把事情簡述告訴事件之外的阿方兩人，然後自我感到一陣靠杯——根本沒有省到時間。說起來，如果以後遇到事件難道都得另外拉相關群組好追後續不可嗎？明明都差不多是那群人啊啊啊啊！

幸好阿方沒有多問什麼，只回了要他們小心點，需要幫忙就說一聲。

林致淵那邊也來了訊息說告訴周震了，周震還感嘆都是冤孽巴拉巴拉的滿滿天意。

虞因看了一會兒，東風沒有反應，可能還在警局那邊看道路監視，不知道有沒有找到奇怪的外來者。

邊想著時，車子很快轉下交流道，這時已是下午，再沒多久就是晚餐時間，他們晚點還要進旅館，幸好費用已經付清，不用急著衝過去入住繳費。

趁著天色尚且明亮，兩人驅車很快轉進了徐憶蓉提供的拍攝地點。

經過四、五年了，街道似乎沒有什麼改變，與當時留下的電子毛片一致，頂多就是附近一、兩家小店大概是倒閉還是搬遷，不見了，感覺更加蕭條，但很快就看見了那片破舊的老式公寓。下午陽光還算充足，公寓看上去卻十足荒涼，除了幾戶有窗戶和植栽，大部分已呈現窗洞或破窗的無人管理狀態，黑暗遁入光照不見的隱蔽空間，若照片加上調色和特效，確實有點末日的破敗無人感。

聿停好車，兩人下車時看見公寓外有幾塊立牌，大致就是不可以在這裡亂倒垃圾、私人土地禁止擅闖云云，十之八九這地方已經是某些探險愛好者經常出入的區域，周邊一些零星散亂的垃圾與隱約可見公寓通道牆上歪扭的噴漆文字，似乎可以證明這點。

虞因盯著那塊禁止進入的牌子，還在想要找誰報備時，身邊的聿已無視禁令直接跨步往目標公寓走。他愣了兩秒連忙跟上，「等等被人拿掃把打出來怎麼辦！」

走在前面的人無言地回頭白了他一眼，慵懶地開口：「住戶很少，趕人的機率不大。」他進來前粗略看過有窗戶、貌似正常的戶數，其實非常少，少到可能一棟裡只有個位數，有些窗戶甚至被隨便糊一糊用木板釘起，大概是被當成囤雜物的地方了，連監視器都裝得零零落落，看過去基本都是故障的，這麼一來，會來驅逐他們這樣兩個高大成年人的住戶不會太多，這也是公寓內被探險者亂塗鴉的原因之一。

當然，也有遇到過激住戶拿菜刀趕他們或報警的可能性啦，到時候再跑就好了。

虞因聽完解釋後直接被洗腦，反正逃跑這種事他們不是沒幹過，既然要進去就直接進去好了，他們都脫離好孩子不要學什麼的年紀，大人被抓就該端上狡辯了……當然好孩子還是不要學啦。

老公寓的一樓顯然有人住，公寓格局是一層兩戶雙對門，通道放滿了回收雜物，一路延伸到外面；往內的樓梯間擺放的雜物如藤蔓一樣爬滿了階梯的三分之一，走過去，四周充滿陣陣悶滯潮濕的氣味，讓人忍不住加快往上的腳步。

他們進入的目標棟就是拍到黑影的老公寓，住戶比另外兩棟少很多，一路蜿蜒向上，大部分都已經空了，只有一樓、三樓與加蓋的頂樓還住著人，剩下的不是鐵門緊閉就是連門都沒有，垃圾與廣告單貼滿泛黑的地面。

虞因才正想著這種地方居然沒有建商來收購重新蓋成大樓，就到了他們的終點——五樓。剛從四樓拐彎往上，在看到五樓梯間時，他們兩人愣了下。

五樓並不像其他樓層一樣關著門或無門洞開，而是兩戶的門居然被用很多紙箱拆成的紙板貼住，厚厚的黃膠帶層層疊疊把兩戶的門洞貼起，可能曾有很多探險者闖入，可以看見各種被割開、撕開又被重新封起貼死的痕跡，這也讓五樓梯間比下面幾層樓看起來更加黑暗。

點亮了手電筒，虞因上上下下尋找有沒有可以弄開的地方，發現大概是近期被處理過，新貼的膠帶黏得死緊，居然一時沒有可下手之處，他正有點傷腦筋，身後的聿就把他拉開，

從背包裡拿出美工刀順著那些紙板空隙切割，很快便撕開了一大片，完全沒打算留個可以復原的地方。

於是虞因只好站到一邊去舉手電筒充當照明。

大概兩、三分鐘後，聿一個用力，直接扯下一大塊封板，裡面明顯是長年被人入侵的狀態，開口處比周圍薄上許多，省下反覆拆除的時間。快速清開脆弱的封層後，兩人馬上藉著照入的手電筒光看清眼前空間。

饒是看過多種鬼屋的虞因也不免對這裡感到驚訝。

三房一廳的屋內居然所有原本是門的地方都按照大門的方式被封起，就連浴廁廚房、陽台、冷氣孔都沒有放過，一眼看去全都是被黏死的黃膠帶，在那些膠帶底下或上方甚至還被貼了不明符咒，有些舊的已經飄落在地，骯髒污穢地死死沾在地板上，整個玄關與客廳烏黑得不見半點光明。

聿抽出備用的螢光棒扔進屋內，這時才發現地板上有一層黏垢，螢光棒連翻滾都沒有就直接黏住了，接著發出幽暗的微光。

「手電筒就夠亮啦，怎麼還要丟這個。」虞因轉轉手電筒，這東西一樣是聿準備的，都已經升級成新版強光手電筒了，換個模式幾乎可以把整個客廳照亮，黑暗中還能直射到另一棟建築物裡，經常汰舊換新的結果就是家裡有個裝滿各種強力手電筒的小箱子，他二爸偶爾還會從裡面拿去執勤用。

「預防萬一。」聿冷漠地看了眼很可能會導致手電筒不能使用的某傢伙後，把拆下來的紙板丟在地上，當成踩腳墊，減少踩踏那些地面不明黏液的機率。

這些黏垢大概是屋裡長年浸水又泡了符紙、紙板與各種垃圾或不明物體導致，沾黏在鞋底的感覺著實讓人很不爽。

「這裡面還滿臭的。」跟在後頭進入的虞因聽著紙板與黏垢被踩踏發出的噗噗聲，皺起眉。屋內有股腐敗的味道，好像死了什麼生物在裡面發酵，雖然兩人都戴了口罩，但那股味道還是透過阻隔，準確地鑽進鼻子。

話才剛說完，屋內突然傳出非常明顯的「咚」一聲，貌似有東西撞在牆壁上。

高度不高，然後又是「咚」、「咚」兩聲。

貼在門上、窗上的膠帶似乎在這秒全部失去黏性，大片大片的紙板等物體像由內被人推開，同時無聲地往客廳方向落下，接著傳來各種聲響，彷彿所有的黑暗空洞集體歡迎他們似地，鋪開一條條進入房間的通道。

虞因這時才發現，外面的天色，黑了。

聿打開另一支手電筒，往那些房間照射進去，銳利的強光切開房內的黑暗，映出同樣沾有烏黑黏液的地板。

幾個房間裡或多或少有遺留的廢棄家具，可看出其中兩間有遭到鏽蝕的床架，主臥裡有疑似嬰兒用品落在地上，床頭的位置倒著一個轉盤老式電話，第三個房間則被丟了不少垃圾，角落還有個香爐，牆上則畫了一堆看不懂的鬼畫符。

虞因拿出手機一看，進入公寓前明明還是下午，現在顯示的時間竟然已是晚上，就像他們在門口罰站了好幾個小時才進來一樣。他看手機還有訊號，就把周遭的符和一些牆上的符文拍了下來傳給周震，反正這種東西交給專業……啊他好像也不是專業的，不過周大師可能比他們懂的多一點。

屋內兩間浴室的玻璃已經碎了，裡面的地板同樣散落些許宗教物品，光看這些虞因也可以猜到有些智障可能在大冒險後還多事搞了什麼招魂還是碟仙遊戲之類的，不管什麼年代，這種智障都不會缺，找死程度一代傳一代，總有一天傳到絕代。

到底爲什麼那些在鬼屋舉行招魂儀式的人都覺得自己能夠招到「本人」？然後眞招到了只顧著尖叫逃跑，不負責原地送回？

看著每扇門口緩慢浮現或高或低的人形輪廓，虞因真誠地想要請這些存在去找把祂們弄進來的那群缺腦人類。

聿看著虞因逐漸緊繃的神態，拿著手電筒掃射的手停了停，沉默地往後退兩步，拽住對方的肩膀。

虞因深深吸了口氣，發現手機震動了兩下，某大師回傳來訊息，很簡單，只有三個字：「快逃啊」。

言簡意賅，直擊人心。

腦子知道了，但手腳動不了。

於是他只能僵硬著，視線直直盯著客廳陽台的方向，也就是在結婚相冊裡看見矮小黑影的位置。

原本應該有裝置落地窗的陽台也呈現大大的洞，幾分鐘前還覆蓋在上面的紙板膠帶牆現在鋪在地上，遮掉了大半片地板黏垢。

矮小的黑影站在陽台中央。

好的，現在有個問題，與徐憶蓉和韓家異狀有關的，究竟是一、兩個小孩命案，又或者是這麼一大群？

如果答案是後者，他就決定採用周震的建議。

下秒水霧往他臉上噴來，虞因本來卡僵的四肢突然一鬆，轉頭就看見聿拿那瓶大師贈送的謎之觀音水噴他，接著又按兩下，一噴再噴。

「呃、夠了夠了。」沒想到這東西居然真的有用啊！

聿看著剩不到半瓶的水，認真思考要不要朝整間房子噴一輪。

「等等，先不要。」虞因看房間那些黑影都緩緩往後退，消失在黑暗裡，只剩下陽台那抹矮矮的小身影還在原地。看來周邊的大概都是神經病招魂儀式搞出來的，現在噴下去可能會讓人……讓鬼抓狂，看祂們沒有想要搞事的動作，他稍微鬆口氣，並示意聿先把那個不知道有沒有期限的噴霧瓶收起來。

再次把手電筒光照向陽台時，黑色的身影不見了，光很順利地映亮了陽台，他們兩個踩著紙板走過去，陽台意外地比室內乾淨一些，至少沒什麼黑色黏液，不過排水孔已被泥土和長出來的雜草塞滿，本來應該要有的水龍頭也被拔掉，看樣子很可能是住戶在的時候就弄掉了，水管有很好地被封住。

兩人左右掃視了不算窄的陽台，以前應該有用來晾衣，高處兩邊有釘過某些東西的痕跡；而在下方，虞因看到牆壁焊了一個鐵環在上面，大概在膝蓋高度的位置，不知道什麼用途，看起來當初焊得很仔細，居然到現在都還牢牢嵌在牆壁上。

虞因蹲下檢查了一下，雖然腐鏽得很嚴重，仍可以看出上面有很多磨擦痕跡，裡裡外外都有，不過內圈比較明顯，似乎曾有東西扯著往外磨擦造成。

養過狗嗎？

可是鐵環焊這麼緊，是大狗？

隱隱地，好像有陣鐵鍊碰撞的聲音在耳邊響起，虞因偏過頭，赫然看見黑色的小影子就趴在自己旁邊，非常近，單薄的形體手腳蜷曲了起來，像是動物般瑟縮成一團。

鐵鍊的聲音迴盪在空氣裡面。

接著他一陣反胃，意識到這裡拴過什麼時整個想吐，渾身充滿噁心不適，不是因爲那抹狗一樣的小影子，而是殘留在空氣中、至今仍未消散、屬於成人的恐怖惡意。

兒童當然不可能自己把自己拴起來，更別說還把鐵環堅固地焊在牆壁上，能做到這種事的只有成人。

他幾乎可以想像得出來屋裡的成人一邊晾著衣服，腳邊鍊著一個小孩的畫面。

黑色的小身影緩緩從他身邊站起，對著他伸出枯瘦又變形扭曲的小手。

虞因沒有猶豫，直接握住對方。

□

渾身都很痛。

地面異常地冰冷，即使是夏天還是很冷，不論白天或黑夜，趴躺在地磚時那股涼意都會透過薄薄的皮肉滲進血管和骨頭裡面。

屋裡的人不需要他的時候，就會把他踢到陽台，隨便丟出一小碗水與又稀又臭的食物，稱之爲食物是因爲至少吃了肚子比較不會那麼餓，假如不吐出來的話。不過即使嘔吐也不可以發出聲音，不然就會捱揍，接著又會連續痛很多天。

但如果好好忍耐，至少去了外面好看的阿姨們會給他好吃的食物，不論是冷還是熱的，有吃過或沒吃過，都是離開這裡時候的獎勵，所以他可以一直忍著，冷也好、痛也好，都是爲了聽話乖乖出去時拿到獎勵。

還有，他還不知道上學是什麼意思。

有次有個阿姨問他上學了沒有，他聽不懂。

他只知道要乖、要安靜，要煮飯，要把自己的屎尿刷乾淨，然後還要把屋子打掃乾淨，有灰塵就要被處罰。

對了，除了學校以外，還想知道生日是什麼。

有阿姨問他生日，他也聽不懂，阿姨就說是可以實現願望和吃蛋糕的日子。

願望是什麼聽不懂，但是蛋糕很好吃他知道。

後來聽別的阿姨說願望是可以做自己想做的事情，或者可以想要一件很好的事情發生。

然後還學會勾小指，表示約定好，要把事情做到。

那個阿姨就和他約好，下次如果又遇到，阿姨就買漢堡給他。

但是每個阿姨他都沒有再見過第二次，所有的阿姨好像都只是獎勵他乖乖聽從、配合大人們一樣，把獎品給他之後，吃完了，阿姨們就不見了。接著他又回到陽台，繼續每天重複捱打、安靜，乖乖清洗所有髒污的生活。

他看著屋內的成人們，知道要叫他們爸爸媽媽，還要少出現在他們面前觸霉頭。

於是他繼續等著，等著下一次可以出去找阿姨們，得到乖乖的獎勵。

虞因猛地嗆了一大口，血味直接往喉嚨裡面衝。

還沒回過神他就差點被自己嗆死，連連咳嗽了好幾聲，直到喉嚨都痛了才反應過來是鼻血倒流，旁邊立刻出現一團面紙按住他的鼻梁和臉。

一旁的聿扶著人退出陽台、回到屋內，皺著眉讓青年先止血。

過了半晌虞因發出悶悶的聲音：「多久？」他不知道剛剛持續了多長時間，反正有異狀聿一定會發現，就不知道維持多久。

「五分鐘。」聿原本在檢查陽台的另一側，猛地回過頭時，虞因蹲在鐵環前已完全失神，推沒反應，拉也拉不起來，他等了一會兒想乾脆把人扛出屋子時就聽到爆咳，只能說還好這傢伙回魂了，沒用鼻血把自己嗆死。

虞因回過頭，陽台上什麼都沒有了，從破損的鐵窗往外看，可以看見幽暗的街道與黑夜中彎彎的月牙，涼風從外面吹進來，通過陽台到了屋裡，居然變得異常冰冷刺骨。

那一小段記憶殘留下的疼痛感覺，不管是餓到胃痛、頭暈眼花，還是冷到關節疼痛、捱打捱揍等等，他現在仍能感受到，這讓他很不舒服，即使他可以知道對方並沒有惡意，只是很忠實地把那段記憶傳遞給他，可是就是會痛。

僅是剩餘的痛感就讓人這麼不適了，當時躺在那邊的小孩不知道有多痛苦，還是其實他自己都沒有意識到這就是「很痛」。

「先離開再說。」虞因咬咬牙，記憶還有點混亂，並且看見那些房間裡面竊竊私語的東西隱約又漸漸浮現，他狀況不佳，還是暫時迴避比較好。

聿攙著虞因直接轉身往外走，就在他們接近門口時，一陣鈴聲赫然打破黑暗裡的寂靜，好像想留客一樣，煞風景的巨響起來。

兩人不約而同轉過頭，看見聲音來源——主臥那台早就沒有電話線的轉盤式老舊電話，被丟在旁邊的話筒壓根不在電話主機上，但電話依然發狂般不斷響著。

只頓了一秒，聿立刻把虞因拖出屋子，兩人重新回到樓梯間，起乩的電話也同時安靜下來。

就在這時，虞因身上的手機也突然響起來，這次不只虞因，連凝神戒備屋內狀況的聿也震了下，顯然被平常聽習慣的來電鈴給嚇了一跳。

虞因一邊有點好笑又幸災樂禍地想著原來他弟還是會被這種事情嚇到，一邊吃力地騰出手接通手機，來電顯示是東風，訊號竟然還保持滿格，不得不說這地方雖然身為眞有「住戶」的鬼屋，服務態度卻很良好，評價至少可以給個四顆星。

東風那邊的背景音很安靜，十之八九回工作室了，或被揪回他家。

「你們在哪？」

淡漠的聲音傳來，不知爲何，虞因覺得對方有點有氣無力的感覺，但基於這位友人有著經常不吃飯差點掰掰的各種惡跡歷史，他想大概又是他和聿出門後，留著看家的那位「不吃飯準備當仙」的老毛病又發了。

「剛從裡面出來。」虞因咳了下，喉嚨還有點刺痛。「你那邊如何？有逮到偷窺的人嗎？」

「嗯，有。小伍有在。」東風略停幾秒，聲音有點遲疑：「你們爲什麼剛剛都沒接電話？」

虞因見聿翻出手機，果然上面有很多未接來電，都是他們被偷走的那幾小時期間打的，看來這地方會被扣一顆星的理由是沒幫忙接電話。

「手機被不科學的原因暫停通話。」

虞因很老實地說出大家都可以接受的理由，果然手機那端默了幾秒，東風虛虛的聲音才又飄來。

「那串號碼、電話號碼我已經破解完了，而且剛剛試著撥過號，沒有人接，但可以打，小伍已經幫忙去查這支號碼屬於哪裡了。」

「……」虞因看看黑色的天花板，又看看黑色的地板，他現在有個把握知道那個號碼屬於哪裡。「你就……讓小伍哥核對一下這個地址吧。」

他把五樓的住址報給對方。

東風聽完又默了。「這不是你們去的地方嗎。」爲什麼有種意外又不意外的感覺？

「嘿對，而且我們這邊屋裡的座機剛剛響了，就在你打來電話前。」虞因想了想，沒把那個座機是無線又無話筒的狀況告訴對方。

「我打電話過去前才剛掛掉那支沒人接的電話。好，我懂了。」東風決定不深究電話連過去的理由，他當然知道那是間廢棄屋子，沒水沒電自然電話也不會通，電話在裡面響起來的方式沒有追究的意義，但至少可以直接去查記錄，確認是不是曾被這屋子的住戶使用過。

「你們快點離開那裡，晚點再聊。」

「好喔。」

虞因把手機掛了，拖著腳步讓聿扶著下樓梯，然而大概是今晚的事情還沒完，他們走至二樓時，在幽暗的樓梯照明小燈泡下，看見一張蒼白又蒼老、爬滿皺紋的臉孔陰森森地在通往一樓的各種雜物堆裡盯著他們看。

幸好對方手上沒有掃把或是菜刀。

大概是看到他們狀況很不好，老人突然露出某種詭異的笑容，八成以前闖進來的探險者撞飄時也被這樣嘲諷過。

老人背很駝，長年彎身收集回收物和破爛讓身體的姿勢有點怪異，身上穿著泛黃的花襯衫與燈籠褲，從衣服款式和半長不短的白髮可以看得出是個老太太。

但對方泛灰的臉上皮笑肉不笑的，某方面來說還眞的有點詭異，尤其看過那屋子裡的滿室黑影後，如果是精神衰弱一點的人，大概會以爲二度撞飄了。

怪異的老婦人就站在原地盯著他們看，沒有出聲喝止或其他動作，一雙混濁的昏花老眼定在他們身上，看著他們兩個下樓梯，側身避開自己與一樓梯的雜物，然後咧開嘴，露出僅剩的幾顆黃牙與詭怪的笑容。

從公寓離開時，最後看到的畫面就是這樣，站在樓梯的詭異老婦人半埋在陰影裡衝著他們冷笑。

比陽台上的黑影還令人毛骨悚然。

並不知道老公寓發生什麼事的東風收起手機，緩慢地呼了口氣，反射性擰起眉。

腰側傳來陣陣痛感，想到以前不怎麼在意受傷，現在受傷之後反而忍耐不住這點痛，莫名就很有喜感。

「你真的不去醫院嗎？」端著茶水走過來的小伍憂心忡忡地看著快埋進沙發的小孩，他其實第一時間就想報告老大了，但一轉頭才發現自己的手機被小孩拎在手上搖晃，都不知道什麼時候被摸走的，所以只能眼巴巴地看著對方一臉蒼白佯裝沒事地講完手機。

這是下午發生的事情。

小伍原本被虞夏丟出去，按照計畫是要在分局和東風會合，查一下道路監視器抓個可能在監視老大家的疑犯，然而等來等去就是沒有等到東風，打電話也沒人接，他覺得怪怪的便直奔老大家，沿路上都沒有看到該等的人，他更不安了。

到達目的地按了好幾次門鈴依然沒聲沒響，小伍有點焦急，乾脆翻牆進屋，還好警報器沒響，老大也沒在圍牆上面通電……反正他是落地才後知後覺想到這樣進老大家可能會死，抱著劫後餘生的心情一轉頭，赫然在鐵門後看見一個吐白沫、渾身抽搐的陌生人，差點以為自己目洨翻錯牆，接著才注意到這個陌生人被五花大綁，根本是刻意丟在這個地方。

第二眼就看到一地的血，嚇得他連毛孔都要窒息。

老大家的大門沒鎖，他驚恐地直闖進去，就看見東風坐在客廳地上縫傷口。沒錯，這個小孩竟然就在客廳裡面縫傷口，小伍一時之間不知道應該先驚聲尖叫還是佩服對方竟然有醫用針線、消毒水與管制藥物可以居家處理刀傷。

反正他當下只覺得很神，大概就是那種他可能今天還沒醒，一切都在夢裡那種神。

好吧，他不在夢裡，但是他想在夢裡。

等東風處理完傷勢，又指揮腦袋一片空白的小伍幫忙包紮及協助把身上和屋裡可能沾到血的地方盡量清理乾淨，然後換了一身乾淨的衣服後，才娓娓解釋了事發經過——

他要出門時突然被人衝過來捅了一刀，他不認識對方，殘缺的記憶裡面沒這人；幸好當時反應快，這要歸功虞家大大小小這段時間押著他偶爾做運動，讓手腳沒那麼遲鈍，總而言之，他是躲過了，刀子在腰側割出血口，幸虧不算嚴重，縫幾針就了事。

東風第二個反應是請對方吃一臉家用清潔劑結合後的隨身攜帶變化版本，所以偷窺的殺人犯現在躺在外面抽搐，他受傷了、力氣又不大，只能把人拖進來丟在鐵門邊以免嚇到路人，總之化學藥劑有調過，不到致死量，大概會上吐下瀉一段時間而已。他則是去聿的房間偷藥箱，在嚴重出血前快速處置傷口，弄到一半就看到小伍鬼祟地翻牆進來，如果不是看到認識的臉，他打算讓第二個入侵者也吃一發清潔劑合體大禮包。

小伍聽完後一臉呆滯，不知道應該先吐槽那個殺人的大禮包是什麼鬼，還是要吐槽嚇到路人這件事，又或者是聿房間裡的不科學藥箱，那些管制藥到底是怎麼弄到手的啊喂！和某法醫有關嗎？這可能性高到有點可怕啊！他好像發現了不能說的恐怖祕密，應該不會遭到滅口吧！

結論，想女朋友，想軟綿綿又可愛的女朋友，老大家好危險。

「你可以保證不說出去嗎？」東風縮在沙發裡，想了想，模擬出短劇裡學來的淡淡無辜笑容。

小伍愣了兩秒，然後看看外面還在抽搐的嫌犯，感覺沒有被可憐到，只覺得眼前這孩子是不是點亮了什麼詭異的技能。

這是色誘吧？

哪學來的？

小孩們最近是在看什麼對精神不健康的東西？

東風嘖了聲，他知道小伍是虞夏的迷弟，只要虞夏開口，什麼保證都沒屁用，於是悻悻然地把手機拋回給對方。後者接住手機，一臉獲得大赦似地劈里啪啦直打了一大堆訊息出去，不用想就知道在向他小隊長告狀。

沒幾秒，東風的手機就響了，他黑著臉接通，虞夏一陣劈里啪啦飆了過來，最後說虞佟馬上回家，要小伍先把院子裡的嫌犯盯好。

「你不要這樣看我。」小伍接收到怨念視線，瑟瑟發抖，怕也吃一記清潔劑全家合體。過了一會兒他還是決定盡自己身爲警察的義務，所以擺正嚴肅的面孔，問道：「你確定眞的沒見過對方嗎？」

東風記憶殘缺這件事，他們這些相關人員都知情，當年小伍跟著跑上跑下也吃過不少虧，不過近期老大有提到對方記憶可能恢復了部分，於是他便再次確認。

被詢問的人想了一會兒，依然很確定地搖頭。

「他攻擊你的時候有說什麼嗎？」小伍想著剛剛進來時地上那人的抽搐狀況，大概沒辦法及時問話。

這次東風很快地搖頭。「沒有。」

小伍抓抓臉，看樣子還是要等犯人恢復意識吧，希望不會是東風以前的什麼仇家，話說回來，也可能是老大他們的仇家，老大得罪的人不在少數，他家這一帶和工作室那邊一直以來都是加強巡邏的重點，經常還有其他住附近的小隊或巡警幫忙盯著，就怕大案時期又被衝後方。

更別說現在聿和東風都在幫警方辦事，雖然只有極少人知道、就連虞因疑似都沒被透露，可一旦洩露出去，後果會是無法想像地嚴重。

等待虞佟和同事過來期間，小伍很盡責地先寫了點報告，大致上就是犯人的特徵描述，他原本想要叫救護車的，但東風說對方很有攻擊性，怕清除藥劑反應後對方會襲擊醫護人員，加上他保證化學藥劑絕對不會致死，只是癥狀看起來比較恐怖，被強硬說服的小伍才硬著頭皮讓嫌犯繼續抖。

這個陌生的攻擊者年約四、五十歲，相當削瘦，且是那種得了什麼病的瘦，渾身皮膚嚴重發黃、布滿斑點，某些顯而易見的症狀表明他至少有兩種以上的慢性疾病。

小伍翻到這人的皮夾，找到身分證，已經裂開的人造皮皮夾裡只有兩百元和幾枚硬幣，查了資料是個無業遊民，妻子早離婚並拿走了撫養權，沒住在一起，靠著救濟金和街頭巷尾提供的日用品生活，然而社工那邊竟然有一些他的優良紀錄，這人經常幫忙整理社區環境，領愛心餐的同時還幫忙送餐給獨居老人，有著在小伍看來頗爲詭異的善心。

接著他在對方手腳隱蔽處發現幾個針孔。

「……」拿救濟金吸毒啊靠！

不過針孔看起來不多，可能是近期才染上毒癮。

初步記錄完走回屋裡，小伍才看見東風縮在沙發中閉著眼睛，變成很小一團，大概是累到睡著了，他悄悄靠過去探了鼻息，很穩定在呼吸，不敢打擾對方，他小心翼翼地去客房把被子拖出來蓋在小孩身上，一人孤單且乖巧堅強地等著虞佟回家。

幸好虞佟回來的速度很快，比正常速度快很多，甚至回來後又過了一會兒才有同僚來把外面已經昏迷的嫌犯帶走。

東風在身上的小被子被掀起來時瞬間清醒，第一眼看見了虞佟正想檢查他的傷勢，還沒放鬆下來就看到後頭跟著的大型道路障礙物。

「嗨，小東仔。」嚴司在被嫌棄之前愉快地打招呼，手上還在把玩東風那罐清潔劑噴霧，然後歪過腦袋看向虞佟解開繃帶後顯露的傷勢，才再次開口：「可以，清理得很乾淨，不介意大哥哥預約個診所吧，朋友的，不會有記錄。」

本來想噴人的東風聽到後半句，緩緩地點頭並小聲地道了謝。

虞佟將傷口重新包紮回去。他理解東風沒有去醫院的理由，因為襲擊發生在虞家正門口而不是外面其他地方，目前還不知道是針對誰的挾怨報復，但若是牽扯到虞佟、虞夏兩人，一叫救護車就會引來媒體，有可能會破壞他們手上正在進行的某些案子，或引起什麼勢力不該有的注意。

雖然可以感受到小孩的貼心，但虞佟並不喜歡小孩們這樣處理，還不如第一時間叫救護車送醫，後續的事情讓警方來就好，他們也不是沒有方法把媒體壓下來。

尾隨來的嚴司看了看虞佟又看了看東風，覺得兩人的表情簡直可以去比賽誰比較嚴肅了，連小伍都蹲在旁邊不敢吱聲，他覺得上天就是派他來為這些生活太緊繃的人們打開一扇悠閒自在的窗。「學弟你這劑量不行啊，等人清醒要是反告你傷害怎麼辦，你應該要研究個無色無味的，一發送他直上雲霄。」

某法醫是不是上天派來的小伍不知道，但他一直以來都覺得這個人可能是什麼妖魔界爬出來的東西。

「你怎麼覺得我沒有。」東風冷冷嗤了聲，反槓這個話題。

虞佟適時咳了咳，打斷差點要被開啓的犯罪性討論。「徐憶蓉的事情有眉目了，我們先去診所，詳情路上說。」小孩們現在正在搞韓家的事，他便把注意力拉到這上面，而那個攻擊人的嫌犯直接由自己這邊接手。東風不鬧大還有個原因是不想告訴虞因他們，虞佟一看群組上都沒有相關的發言，就知道小孩想儘可能隱瞞。

東風果然被正事吸引，沒二話直接乖乖抱著平板和背包被小伍扶上車。

很快地，他就在車上收到虞佟傳來的文件包，裡面有大量報告，還有意外的新聞報導，篇幅竟然不少。

虞佟看著前座開車的小伍與副駕駛座的嚴司，緩緩說出這兩天託人轉回來的資訊。

□

徐憶蓉，原名林俐珍，是在十一歲時經由兒童機構被一對膝下無子女的夫妻收養。

在被收養之前，她在機構待了三年，主要是因爲當時女孩的行爲舉止不太對勁，以及她的身世背景略有些爭議問題。

虞因和聿回到旅館後，第一件事就是先把東風傳來的檔案下載開啓，雜訊被破解後得到的電話已交由小伍查過，目前是空號，但二十多年前最後使用的登記住址就是他們剛剛離開的老公寓五樓。之後不知是否巧合，這支電話就一直沒被重新申請使用，留到現今。

這點大家倒不驚訝，可能當時看到電話區碼時就隱隱有這種感覺了，且可以作爲提示確認，在韓家的小孩就是老公寓裡頭那位。

接著出現的是徐憶蓉被領養前的資料。

說實在的，虞因沒想到這位看起來相當平凡的普通女性幼年時居然有這麼多報章存檔，三十多年前並不像現在這樣有氾濫的網路平台與媒體，當時資訊最大的流通方式是報章與電視三台，也是一般人不會特別留存許多報導和記錄的年代。

不得不說他家大爸人脈眞好，居然在短短一、兩天就找到人把這些老舊報導翻出來，很可能還不是一個人處理的，不知道用了多大的面子或人情。

聿快速翻著一篇篇報導擷取重點，同時口述給虞因。

關於林俐珍最初的報導是滿一歲生日那一天，她從公寓五樓墜樓，但運氣很好，當時樓下遮雨棚與幾棵樹緩衝了落勢，幼兒奇蹟似地只摔斷一隻腳，也就是後來長大後略有點跛的舊傷來源。

當時林家貧窮，沒法提供很好的醫療，幸好孩子墜樓的新聞見報之後，馬上有不少善心人士捐助了鉅額款項讓孩子能夠得到妥善治療，這件事在地方小報上還有讚揚那些好心人的報導篇幅。

然而孩子墜樓的原因又是一則不小的報導，後續幾天仍持續發酵。

林家除了這個嬰孩外，還有另一名六歲的長子，根據公寓鄰居與林家夫婦親戚的證詞，這個男孩可能有輕度智能障礙，沒有就醫記錄，那年代的人對精神疾病避之唯恐不及，很多人家中都有這種問題，只想遮掩著不想曝光在鄰里眼中。

孩子平日頑劣，飯不好好吃且時常砸碗翻鍋，沒事就亂吼亂叫製造噪音，還會撞牆撞門，把鄰居吵到不得安寧，小孩長得比同齡人削瘦，曾有過幾次父母不在家時玩瓦斯爐差點燒燬家裡的記錄，所以被家裡管教得很厲害。

與其說是管教，白話一點就是打罵很凶，經常可以聽到林家大人痛揍小孩的聲音，時間久了鄰居便習以為常，反正鬧事就是打嘛，打乖就安靜了，不吵人鬧事挺好的。沒想到那天林家的大人去市場買個菜，回來就發現外面圍滿救護車與警車，才知道大兒子把女嬰從五樓丟下去，在外面閒嗑牙的鄰居正好目睹經過，當時這件事情直接上了晚間新聞，震驚全國，記者用了很大的篇幅描述小孩爭寵和嫉妒引發的殘忍行為。

嬰兒在醫院住了幾天，得到善心捐款，那幾天鄰居少不了聽見五樓打小孩的聲音。

然後在第三天，大兒子突然就從五樓跳樓了，不知是因爲把妹妹送進醫院的害怕愧疚，還是被大人責打了感到恐怖，小孩畏罪跳樓了，但他的運氣沒有妹妹好，沒撞在緩衝物上，而是頭部朝下直落到一樓地面，大人發現時已當場死亡，來不及救了。

砸破的腦袋噴出的東西四散得老遠，根據現場鄰居繪聲繪影地說，甚至眼珠都滾到別處，畫面令人怵目驚心。

於是林家再次上了新聞版面，一時之間鄰里鄉間各種傳聞不斷，林家成爲茶餘飯後的閒話，有好長一段時間都在談論林家的大小不幸，生了個那種小孩很作孽，肯定是上輩子沒做好事這輩子才生成白痴，後來街坊又湊了筆錢幫他們請法師，替小孩超渡，希望祂免去一切苦難，早日投胎重新做人。

這件事隨時間慢慢平息，人們逐漸不再討論那個腦袋有問題，把妹妹丟到樓下的哥哥。

又過了兩年，小女孩長大了，小小年紀卻長得像娃娃一樣精緻漂亮，討人喜愛到不行，第二次報導也是這個時候發生的——小女孩遭到附近小孩霸凌，說她有個神經病哥哥。

原本只是這樣是不會有報導的，然而小孩們的惡作劇太過火，把小女孩推到車道上發生車禍，於是又上了新聞，小女孩重回大眾視線，兩年前的事件重新被挖出來，有記者爲她塑造了一個無辜又可憐的形象，加上一張張如同天使微笑的純眞照片，再次引起人們一波同情與討論，希望小孩康復的各種善款被捐了過來。

此後小女孩就這樣陸陸續續出現在媒體上，還拿過幾支幼兒用品廣告。

這個狀況一直持續到小孩七歲時，林家夫婦因詐欺與僞造獎券、過失致死等罪名鋃鐺入獄，負責調查的員警發現孩子的行爲舉止有點不對勁，所以並未將女孩交給趕來的親戚，而是送進兒童機構庇護，沒想到一檢查才發現小女孩精神有著嚴重的問題，還無故喪失了許多記憶，機構人員經常看見小女孩站在牆壁與鏡子前喃喃自語，問話也問不出所以然來。

怪異的情況持續好一陣子，請來的老師和專家表示小孩可能經歷了心理上的長期虐待，必須慢慢輔導，恢復她的身心健康。

只是沒想到半年後，林俐珍的記憶嚴重退化，懂事後至七歲的記憶竟然完全消失，小女孩變得猶如白紙般什麼都不記得，僅剩下少少的生活本能，就這樣開始了新的人生，直至十一歲被善心夫婦收養，成爲現在的徐憶蓉。

孩子的身世背景實在詭異，所以兒童機構封存了她的過去，直到現在重新被警方開啓。

「我覺得她哥哥的事情和我看見的不一樣。」

虞因沉默地聽完，先想到的是陽台上那安靜卑微的孩子，他並不認爲對方有精神問題，

反而認爲是鄰居先入爲主覺得小孩腦袋有問題，又習慣了父母的打罵聲與孩子鬧事的說詞，竟然就這樣直接漠視了。

過去的年代，其實鄰里間往來很熱絡，但也可以很冷漠，知道鄰居有個小孩有病，就會對某些管教睜隻眼、閉隻眼，那時的社會風氣認爲得這種病就是「前世欠債」、「祖上有虧」，表面上雖然說這樣很可憐，但關上門後說不定還會暗暗嘲笑一番，茶餘飯後來一句「這家就是上輩子沒修好，這輩子才有個白痴來當小孩」。

如果小孩是沒病的呢？

眞相就會讓人不寒而慄。

「過失致死是什麼原因？」

平復了一會兒心情，虞因揉揉有點痛的太陽穴，挑著比較在意的點去看群組裡的語音留言，東風把大爸當時得到的情報錄給他們，不過這次是直接傳給虞因和聿，並沒有放在群組裡，當然就不會像虞因一樣蠢到還得向事件不相干的人解釋。

事情發生在林俐珍七歲生日那天，林家夫妻帶女兒去遊樂園時突然遭到一名精神恍惚的婦人糾纏，兩夫妻害怕女兒受到驚嚇所以匆匆離園，沒想到婦人追著他們到停車場，死扒著車子不放，林家夫婦把人推開後驅車離開，結果婦人突然暴起衝出來攔車，林俐珍的父親煞車不及，當場把人輾過去，救護車來的時候已經沒氣，送醫不但不治身亡，還診出婦人懷胎四個月，一屍兩命。

婦人的丈夫聽見惡耗，沒多久就在家裡上吊身亡。

警方也是因為偵查這起意外車禍，莫名摸出了林家夫婦其他罪案，就這樣雙雙入獄。

「那位女性死者姓趙，丈夫姓王，其實他們曾有過一名三歲的兒子，很多年前遭遇綁架撕票，造成她精神嚴重失常，不但生活自理有時會出問題，還經常四處遊蕩尋找她的兒子。」虞佟錄在語音的聲音有些嘆息，「這件事同樣壓垮了丈夫，不過丈夫較為堅強，原本強忍著悲傷照顧妻子與努力修復生活，好不容易妻子略有點起色就發生意外。她丈夫並不知道妻子懷孕，所以聽到噩耗時承受不住，選擇跟著妻小一起走。那件案子的綁架犯至今仍查不出來，當年負責的員警三年前過世，據說他到死前都還遺憾著沒有偵破案子。」

「林家的事情也太多。」虞因嘖了聲。

怎會有一個家庭遇到這麼多事情，先是大兒子把妹妹丟下樓，接著自殺身亡，兩兄妹都疑似遭受過虐待，接著妹妹被同輩霸凌車禍，再後來又是過失致死，造成對方一家三口身亡的悲劇。

「不行，我們明天再去一次公寓，我想搞清楚那個哥哥要告訴我們什麼。」虞因越想越覺得林家整個透露出詭異，雜訊裡混著電話分明也是吸引他們來查這裡，他甚至認爲今晚如果可以，最好小孩在夢裡可以託點什麼給他。

聿沉默地把檔案翻完，想了一會兒，敲了東風通話。

很快地另端接起，大概也在等他們消化完資料，所以剛剛並沒有打擾。「都看完了？」

「王家小兒子的案件？」聿注意到檔案裡沒有王姓夫婦或被撕票的兒子相片，只有一些潦草的偵查筆記和不太完整的文字報導。

「王家是做精密零件外銷，工廠是自家的，當時賺不少，小孩失蹤那天其實是王太太帶孩子去遊樂園玩，結果一回頭孩子不見了，直到晚間家裡才接到勒贖電話。」虞佟的聲音插進來，直接告訴小孩們案件內容。「贖金五十萬，當時王家完全籌措得出來，他們的意思也是錢給綁匪，小孩平安回來就好，絕對不追究。但現金裝好還在等待通知交錢地點時，綁匪那邊突然失去聯絡，一週後東部山區有人清晨上山挖竹筍，帶的狗刨地把小孩屍體挖出來，遺體相驗完才知道小孩在被綁當天就沒了，頭部有個重創傷口，不過死因是埋進地裡後才造成的窒息身亡，至今不知道綁匪突然撕票的原因，負責員警猜測很可能是熟人犯案，綁匪被小孩認出來便直接下狠手。」

埋在地裡，窒息身亡。

虞因和聿交換了一眼，想起差點被他們忽略的「第二個」。

如果徐憶蓉的哥哥跟著她算正常，那突然出現跟著韓時琮並接觸的「第二個」，又是什麼理由？

「王家還有人在嗎？」聿微微皺眉，也沒想到事情會越來越撲朔迷離。

「有，負責員警一直到病故前都還定期與王家有聯絡，王家那輩有兩個兒子，死的是小兒子一家，王家工廠到現在都還是哥哥在管理，有什麼問題我可以聯絡對方代爲詢問，他們兄長當年也全程參與了救援孩子的事，聽過綁匪與弟弟、弟媳全部對話。」虞佟頓了頓，說道：「我已經向對方請求王氏一家的照片，王先生允諾回去馬上找給我，負責員警這邊的照片遺失了，似乎是家人在處理遺物時丟棄，警局封存的偵查舊檔案在搬遷時出現人爲疏失損壞不少，舊報紙應該有，但王家提供會比較快。」

「你們覺得是另一個？」在一旁的東風默默地開口，做了與虞因兩人同樣的猜測。

「不一定，但有照片的話就可以對看看。」虞因認眞思考韓時琮會不會老實幫忙「核對」。其實他到現在還是認爲韓時琮完全無辜，但怎麼就那麼倒楣，一個兩個都朝著他去，難道是因爲嚇社會菁英分子比較有成就感嗎？

……突然覺得菁英分子被驚嚇好像眞的滿有趣的。

畢竟平常不容易看見天之驕子們被嚇得花容失色的場面啊！

虞因沉默地把自己歪掉的思考拉回來。

他和另外三人討論了一下，決定把部分林家的事告知韓時琮，讓他試試對徐憶蓉旁敲側擊，看能不能透出點什麼口風，畢竟他家非科學狀態就是源自他老婆，現在更調查出人家就是她哥哥，難怪屋裡的神佛沒把祂趕出去。

拿起手機正要發訊息給韓時琮時，虞因發現對方不知道什麼時候傳了一堆訊息給他，其中還包括一段十幾秒的影片。

影片內容相當詭異，是徐憶蓉站在沒開燈的廁所裡，整個人面對鏡子露出微笑，討好性的笑容凝固一樣嵌在她的臉上，在黑暗中看起來居然有點恐怖片的畫面感。

影片之後有韓時琮驚恐的訊息留言：「妻子這樣維持了一個小時才離開浴室，但她完全不記得她在浴室裡的事情。」

接著說到他藉口去超商，把秀秀帶出門，問了秀秀才知道徐憶蓉在家裡有時也會出現這種狀況，保母不在的時候秀秀看過幾次，小孩以爲媽媽在玩鏡子，還抱怨媽媽玩鏡子時都不理她和妹妹，她摔倒哭了很久，都不哭了媽媽還沒玩完鏡子。

秀秀記不住是什麼時候開始的，不過她知道是妹妹放在家裡後陸陸續續看見的，也就是說約莫持續近一年，正好就是秀秀身上出現了各種瘀青的時間點。

這麼一來，秀秀那些小傷痕應該眞的就是她自己在玩耍時摔的，徐憶蓉並未對小孩有什麼虐待舉動，而是恍神後的疏失，她本人甚至記憶斷層，不知道有這回事。

「原生家庭造成的精神問題。」虞因想起剛剛看過的資料，林俐珍從林家被帶走後在兒童機構接受了一段時間的輔導，但七歲前的記憶最後全都缺失。所以到底林氏夫妻是怎樣對小孩施加心理壓力，致使徐憶蓉到現在仍會偶發性地遺忘各種大小事情？

邊想著，他還是把事情告訴周震，雖然有精神狀況作爲前提，但還是不可避免地有不科學的因素在裡面，說不定周震會有其他比較專業的看法或解釋，另外還有老公寓五樓，以及他明天再去一趟接觸對方的想法。

周震很快回傳訊息，還是一樣簡單的幾個字：「不要幹傻事。」

「……」虞因隱約感到可以看見來自大師跨時空的白眼。

群組通話裡虞佟還不知道兒子的打算與周震的回話，他思考了半晌，道：「負責王家案件的學長雖然已經病故，不過他有帶過幾名得意學生，其中有位最後幾年一直陪他反覆研究當年的綁案，這次的筆記資料就是這位提供的，我會再與他們接觸。」

就在這時，虞因兩人突然聽見虞佟和東風那邊的背景音傳來一陣聲響，好像是有人開門然後大包小包磨擦出來的聲音，接著是小伍說話：「我們買吃的回來了！阿司在那邊和老闆聊天，最後居然送了我們很多小菜和滷蛋！」

「……？大爸你們不在家裡嗎？」剛剛聽到自己老子說話後，虞因一直以為兩人多半回到家裡，但現在聽起來並不是。

而且小伍和嚴司也在？

「……我們在警局辦公室，在處理一些後續還沒走。」虞佟很快地帶過這個疑問。

「喔，那你們早點回家喔。」虞因想想也是，要看畫面還要逮人什麼的，弄到現在不意外，就是嚴司真的很閒，又跑去湊熱鬧。

「你和小聿也早點休息。」

兩方稍微又講了幾句話後，便斷了通話，各自忙事情去了。

□

可能是虞因的期望真的有傳達給那些存在。

總之那天晚上在旅館入睡後，他再次回到老公寓五樓的樓梯間，但這次出現在他面前的，不是被層層封起的洞口，而是一扇半敞的紅色鐵門，頂上的昏黃色燈光黯淡閃爍，傳來一陣陣細微的電流聲響，跳動的暗光讓鐵門看起來顏色更深，彷彿塗上一層厚厚的血液，有些不祥的意味。

進入前，他已無比清楚地意識到這是一場夢，腦袋裡有個友善感覺深切地告知他這裡完全不存在於現在的時間與空間，無論看到什麼，都不再有找回的機率。

他吸了口氣，發現空氣一點都沒有味道，於是拉開鐵門踏入屋內。

屋裡的日光燈並沒有打開，照明來源是同樣昏黃的小燈泡，比外面好一點，至少沒有閃爍，安靜的空間沒有成人，先映入眼裡的是幾件簡單的桌椅家具，桌面上攤開幾張報紙，正好在工商頁，有一些徵人廣告格被用紅筆圈起來，大多都是工廠勞力類型的工作，上方邊角的日期模糊不清，看不出時間點。

桌角邊有幾個深色的小玻璃空瓶，紅白色的標籤上印著參茸酒等等字眼，其中一罐裡頭塞滿菸蒂。

客廳內沒有太多雜物，比較貴重的應該只有沉重的電視機，周圍的房間、廚房等，門全都緊關著。

虞因下意識看向客廳陽台，霧面玻璃門後隱隱有抹很小的影子，縮成一團在右角落。

緩緩推開玻璃門，一個小到不行的孩子只穿著一件骯髒不堪的背心蜷在那裡，底下是幾塊紙板與破到可以稱得上是碎布的髒污被單，三個破碗放在另一側，一個裝著發黃的水，另外兩個看不出來是什麼，就是一坨半液狀物體。

小孩的腦袋埋在手臂裡，好像完全沒有察覺到外來者出現，安安靜靜地像是個沒有生命的裝飾物，被遺忘在世界的某一角。

他蹲下身，手指按在小孩冰冷的肩膀上，對方同樣沒有反應，姿勢依然不變，沒辦法強硬地分開他的四肢，只能放棄。順著往下看，看見一條粗鐵鍊綁在小孩腳上，鍊子不算短，除了可以走到陽台另一邊，還能大概前進到屋內約一半的距離。

鐵鍊在牆上的那端以粗大的鎖頭鎖住，虞因沒辦法弄開，只好再次起身回到屋內，依序打開各扇房間門，屋內唯一的電話放在主臥，這倒是與晚上看見的一致。主臥裡是簡易的床鋪、衣櫃和一張梳妝台，同樣沒什麼值錢的物品。次臥裡是一張小床和一個小箱子，箱內有兩、三件孩童的衣服，大概是天氣真的很冷或是外面的小孩經過什麼允許時，才會睡在這裡面，勉強堪稱孩子的房間。

第三個是雜物間，擺放零散物品，像是工具箱、燈泡電線，各式大小家用品，還有張半新不舊的嬰兒床。

整間屋子看起來是有生活氣息的，就是用品不多，只維持基本生活需求，可以看出住在這裡的人家境不算好，奢侈用品僅有房內梳妝台上幾樣保養品與客廳桌邊的酒瓶。

虞因從廚房退出來，想再往陽台走時，屋內所有的門突然同時無風甩上，砰的幾聲巨響把他嚇了一大跳。

這時，從次臥裡傳出細細的哭聲，非常壓抑，像是害怕被發現一樣，不敢嚎啕大哭。

下意識看向陽台，小小的身體還縮在那裡。

虞因是在這瞬間清醒的。

他猛地睜開眼睛，直接和一對紅色眼睛對視，周圍是旅館的擺設，睡前留下的檯燈仍然亮著。

冰冷的視線讓他直接往後退，差點把睡在旁邊的聿撞下床，後者秒醒，瞬間翻身掀被；騷動出現的同時，虞因剛剛對上的那雙眼睛便消散不見了，接著房間的燈全被打開，空間立即大亮。

聿第一時間沒有說什麼，只快速地走到虞因睡的那一側，目光停留在地板處。

虞因半爬起身，跟著往下看去，就看到一排小腳印沿著床尾走來、停在他身旁，最後一雙腳指尖朝著他的方向，正正好就是清醒時看到紅眼睛的位置。

「……」許願眞靈驗啊。

無言地看了眼從床上坐起的人，聿蹲下身，指尖在腳印上一劃，刮下一點泥土，於是他起身沿著腳印方向走到窗邊，打開窗戶看見隱約有幾個小腳印蓋在下方的外牆上，這東西似乎是從外面走牆壁進來的，一排腳印橫跨了整個房間。

兩人面面相覷了一會兒，聿撥通旅館櫃台，很快有個中年男人跑過來，原本他們是想道歉說房間弄髒了要負責清潔費，但是男人走進來後盯著一排腳印，倒吸了口氣，用手機拍下這個畫面不知道傳給誰，接著態度超級良好地開口——

「我幫你們換個房間，不要網路爆料可以嗎？」

「……？」虞因正想道歉的話卡在喉嚨裡，還在不解爲什麼旅館方這麼客氣、那好像完全不意外的反應是怎麼回事時，他突然看見冷氣口方向掛著一雙腳，腳趾甲還塗著鮮艷的大紅指甲油。

……

……

行吧，他懂了。

但是這位大哥就沒發現腳印大小不對嗎？

最後，兩人在大半夜被旅館方恭敬地請到新房間，還是最貴的那種貴賓套房，房間和客廳是分開的，超大浴缸甚至有多段按摩功能，大哥還送來兩碗泡麵與飲料給他們吃宵夜。

虞因沒機會解釋是他們晚上拜訪鬼屋造成的，不過想想原本的房間裡確實還有另一名住客，懷著有點抱歉的心道謝後把旅館人員送走，打算明天床頭多擺點小費給清潔人員，才將夢裡看到的東西告訴聿。

接著，收到了一枚警告的眼神及噴了滿頭滿臉的觀音水。

「不要一直想主動邀請那種東西。」聿冰冷地開口，譴責了幾句後，決定回家時把人拖去廟裡走走。

「哎，我就覺得那個弟弟沒有惡意。」虞因至今還是沒感受到對方有什麼不好的感覺，連那種死亡帶有的恨或怨、絕望與驚懼，幾乎稀薄到沒有，祂好像只是在告訴他們過去發生的事情，以及某些祂說不出口的希望。

「這才危險。」聿皺起眉。過往數不清幾次的事件中，很多亡者瀕死時都有著濃濃的恐懼、憎恨和怨怒、遺憾，這些東西造成各種深沉的意念甚至惡意，即使亡者本身有時候沒那意思，但還是會造成一定程度的惡劣影響與傷害。

相較之下，這次的存在並沒有出現以往那種緊迫逼人或傷人的狀況，乍看下好像多加接觸並無妨礙，實則危險度卻不比以前那些低。「你知道溫水煮的青蛙是怎麼死的嗎。」雖然並不想一直提壞處的部分，但聿依舊開口，這樣不危險的引誘更容易讓人越陷越深，心甘情願地捲入事件內。例如眼前的人明天還想再去接觸一次，睡前自主想要夢到相關的事情，就因為他覺得對方友善，可是就算是友善，也不能把主動歡迎的心態和行為視作理所當然。

虞因沉默了一會兒，小聲地回答：「我明白你的意思……我會注意。」是他太鬆懈了，他覺得小孩很可憐，也很想幫忙，所以這次有意無意刻意不去多想兩邊的世界已經不同了這件事情。

他可以幫忙，但不能模糊界線。

以前就發生過有段時間他自己沒想開，因為心態問題涉入太深，造成一連串不好的事件和影響、傷害，到現在周圍的人都還對他很不放心，深怕他又重蹈覆轍。

聿與其他人同樣看不見那種存在，所以他會緊張，會開口提醒。

「抱歉，讓你擔心了。」虞因乖乖低頭認錯。

「嗯，早點睡吧。」聿見對方已重拾正常態度，也沒有繼續說下去。距離天亮還有幾個小時，兩人還可以再睡一會兒。

其實天亮後重回五樓是其次，聿想接觸的是其他樓層的鄰居，年輕一輩的人大多不會留在這種老公寓，到現在還住著不走的人有很大機率都已經長住很久，包括一樓那個奇怪的老人，他已經請虞佟查查住戶身分，相信晚點可以多少問到點過往的事情。

鍊子拴著小孩這種事，住戶是不可能不知道的，只要移動必定會發出鐵鍊特有的碰撞聲。但在那個年代，有些人對精神疾病懷有很大的歧視和偏見，甚至覺得神經病關好不要出來嚇人、騷擾鄰里是正常的，於是把這種行爲合理化，日久便會成爲習慣，忽略掉這根本是惡意與病態的虐待。

他就是想問問那些殘存的鄰居們，對於這些事情還有多少記憶和說法。

聿關掉主燈，兩人躺在昏暗的貴賓套房裡，想著天亮後要做的種種事情，慢慢地重新進入沉睡。

翌日一早，虞因兩人醒得很準時，還可以吃一頓飯店早餐。

大概是半夜的腳印過於立體，一名看上去就是管理人員的女性還特地過來與他們聊了幾句，再度對房間的事情致歉。虞因問了關於紅色指甲油的事情，這才知道那個房間前幾年有名女性顧客因爲感情因素在旅館內自殺，旅館老闆有點背景所以壓下新聞，事後房間有請人來做法超渡過，但偶爾還是會有奇怪的問題，例如夜半聽見女性哭泣聲什麼的，出現腳印倒是第一次。

順著話題，虞因一併問及老公寓的事情。其實這公寓在網路上也有不少鬼故事傳聞，所以女主管知道不少說法，大致上與當時的報導差不多，就是患有精神疾病的小哥哥把妹妹丟下公寓，之後跳樓身亡，直到林家出事空下來，沒人再居住後，陸續出現空屋裡有怪事發生的傳聞，什麼半夜看見開燈、跳樓的小孩站在陽台上盯著人看等等的，繪聲繪影，到了後來有更多人闖進去試膽，一度造成居民抗議才消停一段時間。隨著住戶陸續搬走，公寓半廢棄後，近期又掀起一股鬼屋冒險風潮，老公寓的怪事漸漸被各種編造、重提。

比較誇張的不實謠傳還有一家四口在裡面燒炭自殺、爸爸賭輸拿刀砍死全家云云，亂七八糟的一堆。

當然這些就不在虞因想收集的範圍了，畢竟五樓那戶空下來的真正原因，他們已經從虞佟找來的檔案裡知道，沒必要把那種大眾亂掰的傳說收錄。

吃飽整頓好，兩人便從旅館出發。

不過這次到老公寓時，他們大老遠就看見有個穿著休閒服的青年站在門口處，正在與看起來應該是住戶的老太太說話。

等車停好車，兩人才剛下來，那個青年突然走了過來，很爽朗地開口打招呼：「你們是不是虞夏學長的家人？」

「……你是？」虞因意外地看著對方，青年看起來相當年輕，大概是剛畢業沒多久的社會人士。

青年拿出自己的員警證，上面顯示姓何，說道：「我是轄區派出所的，我們所長和虞夏學長是同期，剛好今天我休假，所長要我來看看你們有沒有什麼需要幫忙的地方，你們叫我阿何就好了。」

小員警看起來興致勃勃的，心情很好，沒有因爲休假泡湯而不爽，虞因想想，大概又是他家二爸的粉絲，連忙禮貌地先幾句恭維的話，一來一往加上小員警相當健談，兩人很快熟稔起來。

「我聽所長說你們要查五樓的事，剛剛幫你問了隔壁棟的阿欣嬤。」阿何領著兩人走向老太太，介紹雙方認識。

有點重聽的老太太在當地住了六十餘年，老公寓建成搬入後就沒有搬遷過，當然對林家的事也知情。

「唉，那小孩可憐啊。」老太太一陣感嘆，多年前的陳舊記憶再次被挖掘提醒後，唏噓不已。「小孩是他媽和前夫生的，五、六歲了講話還講不順，更小時候大人有帶出來外面走，結果打了厝邊小孩後被人家老杯老母警告，之後就常常關在家裡，動不動就打得唉唉叫，管區來講了好幾次也沒用。」

聿問了關於鐵鍊的事，老太太果然知道，說小孩腦袋不好，有次大人不在家，差點把整棟樓都燒了，之後大人出門就會把小孩鍊起來，不讓他去廚房玩火，並不是他們猜測的整天都綁著，似乎還是有在家裡生活。

老太太的說法和當時報導與調查的差不多，都是認爲大兒子腦袋不好，長期被關在家裡又捱打後，對於妹妹出生有大人疼愛感到怨恨和嫉妒，就把嬰兒從五樓丟出去。

告別老太太後，在阿何的協助下，他們這次大大方方地進入老公寓，一樓奇怪的住戶似乎不在，頂樓也是按了一會兒門鈴沒人應聲，最後只有三樓住戶出來開門，沒想到居然還是個年輕人，大約三十出頭，頭髮蓄得有些長，衣服也穿得很隨便，姓羅，因爲家族後輩沒有人想回來，所以工作不穩定的他才從外地回來照顧生病的阿嬤，其他親戚和家人則按月匯來生活費和老人的一些醫療雜費。

「我阿嬤有點痴呆，很多事情都不記得了。」三樓住戶抓抓亂髮，有點不耐煩地瞥著外面三個人，如果不是有個派出所的在，他都想把門直接甩上，繼續回去玩他的遊戲。「五樓？喔，一堆人都說有鬼，我是沒有見過啦，每次跑來探險大半夜在那裡靠杯靠木的網紅啥小的還比較像鬼……啊，要是眞的有鬼，那人家乖乖地在那裡住三十多年也沒有對我們幹啥，一堆北七一天到晚在人家家裡燒香燒冥紙招魂，沒把他們打出去都算客氣。」

談了一會兒，三樓好像眞的對五樓的事沒什麼概念也沒見過所謂的鬼，後來青年被阿何問煩了，讓他們去問躺在房間裡已經乾癟的阿嬤，因爲老年痴呆的關係，果然什麼都回答不出來。

要把三人送出門之際，青年才好像突然想起什麼一樣擊了下掌，說道：「其實我不是本地人啦，我是外縣市出生的，你們要問的大人都沒告訴過我們，不過我搬來後看過好幾次，五樓那個門啊縫啊，都是一樓那個怪阿桑和阿北糊的，搞不好他們看過鬼還知道點什麼。」

三人道過謝後，青年便很不客氣地把門關了，還把鐵門與內門的四、五道鎖都上滿，看來半廢棄的公寓長久以來有外人進進出出，治安不是很好。

「這裡常常會有遊民住進來。」阿何很習慣住戶的舉動，習以為常地解釋：「有建商想要收購這一片，不過很多住戶和後代早就搬出國了、找不到人，產權問題一直沒解決，改不了。」

重回五樓，昨天打開的紙板洞還沒被黏回去，屋內大概是因為膠帶、板子全拆了，原先封死的窗戶陽台少去遮蔽，上午晴朗強烈的陽光投射進來，竟然還讓屋子充滿光明，雖然地面仍舊有污黑黏膩的不明污垢，但已一掃昨天那種黑暗到無法見日的感覺，連空氣都清新許多。

「我第一次進來這裡。」阿何有點好奇地左右張望，「之前來過幾次巡邏都是封著，原來長這樣。」

大概是裡面過於明亮的緣故，看起來一點危險和神祕感都沒有了。

虞因三人在屋內搜索了一會兒，並沒有找到實際可用的線索，看樣子這裡的存在沒打算出現，無所獲之後便很乾脆地離開。

「對了，一樓的住戶是什麼狀況？」虞因邊下樓邊發問。剛剛聽阿何說來巡邏過幾次，以及他和附近住戶看起來都滿熟的，應該也知道一樓那個奇怪的老人。

走在前面的阿何腳步突然頓一下，回過頭，表情有點狐疑。「……你不知道？我還以爲你們特地跑下來挖舊事都知道？」

「我應該知道什麼？」虞因也很狐疑。

「一樓住的就是五樓林家的兄弟啊，當時公寓建成他們剛好分家，兩兄弟一人買一戶，老大買在一樓，老二買在五樓，五樓林家夫妻被抓走時，原本想收養小女兒的親戚就是一樓大伯家喔。」地方員警阿何相當盡職地告知他們兩家的關係。

「！」原來他們就在地雷區上方嗎！

□

韓時琮再次灰頭土臉地跑到虞家，這次把秀秀也帶在身邊。

「圓圓在保母家，我請憶蓉的一位好朋友把她約出去吃飯逛街了，避免她起疑心。」

看著屋內多出一位不認識的人，韓時琮打過招呼後把秀秀安置在一邊，秀秀也很乖巧地自己看起帶來的繪本。摸摸女兒的腦袋，男人有點喪氣地抹了把臉，盡量不提及妻子的名字。

「她……林家貞的發生過那麼多事情嗎？」

「嗯，警方核實了，到目前爲止都是確定事實。」東風接過小伍遞來的茶水，有點無言地看著被丟在這裡留守的青年很主動地跑來跑去泡茶、切水果招待客人，儼然把「顧家」這個任務自主變更且適應得很好。

畢竟襲擊員警住處的那個奇怪嫌犯清醒後從昨天到今天完全不開口，不然就是中邪一樣胡說八道，完全不知道有沒有共犯，所以虞夏讓小伍留下來，外面也加強巡邏，避免又衝個什麼東西出來。

韓時琮不知道該有什麼想法，妻子是養女這事他一開始就知道，但被收養前因爲沒有記憶所以一片空白，交往時他不以爲意，甚至到現在他依然不覺得這有什麼問題，畢竟都已經是過去的事，然而爲什麼這些過去的事情得影響至今？

想起昨天妻子站在鏡前的詭異舉動，一開始雖然驚嚇，但更多是心疼妻子。

倘若那不是另一個世界的東西搞的鬼，那就是妻子心理與精神上的傷痕到現在還沒有好，才讓她無意識一直重複這種鏡前的舉動，雖然她沒有記憶，但如果她知道了，肯定也會很難過。

「……我果然太久沒有關心家裡，調回來是對的。」韓時琮苦笑了下，如果不是因為影片和秀秀的異狀，他就不會加快申請調回國內職位的速度，可能還會猶豫要不要趁著年紀還行，多做幾年外派賺夠錢。「搞不好這次的事件就是給我一個警告。」

東風其實不太關心別人的家庭問題，然而韓時琮提及了，他想想，突然有種說不定對方在某方面說對了的感覺。

韓家裡面那個沒存在感的東西彷彿是要引起注意力似地，常常在影片裡彰顯存在感，但大師們又逮不到祂，如果秀秀的瘀青都是玩耍碰撞來的與祂無關，那麼從開始至今祂唯一下手的人就真的只有倒楣的韓時琮，理由是要提示一家之主某些事情。

只是，為何是此時？

「你說昨天在公司有奇怪的人找上你嗎？」東風細細回想男人昨天告訴他們的事。因為韓家的狀況，虞因特別請男人若近期記起什麼或發生什麼奇怪的事都要說一下，所以男人昨天除了描述妻子和鏡子與出公司遇到鬼又被窺探的異常之外，順口也提了有人上公司找他，大概是想詐欺的事。「能不能請公司把那段錄影給你？看看那個人長什麼樣子。」

韓時琮點點頭，打電話去要大門櫃台的錄影了。

這時就感謝這個男人的階級夠高，沒多久公司那邊便把截取的影片片段和放大的櫃台影像傳過來給他。

如同櫃台小姐所說，是個六、七十歲的老人，看上去相當乾瘦，似乎是長期沒吃好的那種皮貼骨的瘦，臉上與露出的四肢皮膚有著大量老人斑與一些細小疤痕，滿臉凹摺的皺紋讓他顯得很普通，五官也沒有太多特色，就像個路上隨處可見的老人。

「這個人我不認識。」韓時琮搖搖頭。果然是想來騙錢吧，不是他和妻子兩邊的親戚朋友。

東風盯著公司幫他們放大的老人面部影像，思考了一會兒後彎身拿起旁邊的畫本，沙沙沙快速地畫上好幾個人物輪廓，旁邊的小伍立刻靠上來，就連韓時琮和秀秀都好奇地離開座位走過來看紙張上逐漸顯露的圖案。

紙張上是幾個人頭，一開始畫出來的是老人的面貌，下一個同樣是老人，但皺紋與斑點減少了很多，就這樣逐次往下，老人的面孔也越來越年輕，漸漸重現至中年模樣。

「啊！」韓時琮不自覺地驚呼出聲，他剛看的時候很訝異人像素描竟可以這麼眞實，反推回去的圖畫雖然不知道眞實度如何，但也讓他吃驚，直到漸漸回溯至中年時，他越來越覺得眼熟，最後震驚地喊出來。「這是昨天在公司外面偷窺我的人！」尤其是眼神，眞的極度相像，帶著一點詭異的猥褻，讓他瞬間回憶起被窺視又沒追到的不爽。

「確定嗎？」東風停下筆，微微抬起頭看著驚愕的男人。

「對，我很確定，你眼神畫得很好，我馬上想起來了。」韓時琮剛說完，腦袋裡突然浮現無數問號。「可是……應該不可能吧？他說謊是親家時長得六、七十歲，然後跑到外面偷窺就回春了？」這是什麼恐怖的畫面？那個人時間倒轉嗎？

「眼神是參考監視器錄影的。」東風用筆敲了敲老人的畫面，監視器中的人和櫃台小姐說話時，眼裡帶著一絲奇特的情緒，那種有所圖又壓抑住欲望的微光，恐怕櫃台小姐就是因此感到不舒服反射性把人拒絕。他把畫本舉起來給小伍拍照，然後讓小伍也傳一份給聿他們。「不一定是跑到外面回春，他這個年齡有幾個孩子不奇怪。」

「喔對，也是。」韓時琮尷尬地抓抓腦袋，這幾天怪事太多了，思考模式都跟著歪掉。

「而且，還有支持這說法的證據。」

「咦？」

韓時琮一點也想不出哪裡有證據，便呆呆地看著東風懶洋洋地支使小伍拿來平板，然後從裡面打開一個超多圖片的檔案夾，快速選出幾張照片，他後知後覺才發現這是他和妻子婚紗照的毛片。

當時拍豪華套組，毛片的數量也多到一個誇張的地步，韓時琮自己都不敢說看過全部幾百張沒修過的東西，然而他發現這個漂亮的小男孩似乎很熟悉這堆毛片，挑的速度快得不可思議，隨即他就被照片上的畫面吸引住了。

東風一共挑出六張，全都是老公寓周圍的照片。

毛片會被廢棄的原因除了人物沒拍好、拍攝不夠完美等等……過多閒雜人等入鏡有時也是個因素。

這六張照片就是周邊居民入鏡的畫面，雖然攝影師已經極力避開，不過附近的人畢竟是活物會走動，於是或多或少有被攝入。

韓時琮看清楚「入鏡的外來者」時，一身雞皮疙瘩都起來了，他甚至還聽見旁邊的小伍發出「靠」的一聲，與他一樣愕然。

多年前拍攝時他們根本沒在意過附近居民與好奇觀望的有什麼人，他們不住在當地，只是路過取個景，完全沒將圍觀的人放在心上，他都還隱隱記得當時有點煩這些在附近走來走去的路人們。

多年後仔細一看，到公司自稱是他親家的老人、在馬路邊窺視他的陌生人，全都赫然出現在照片內。

然後在那上面，五樓的黑影俯瞰著一切。

□

「靠！」

虞因忍不住發出一個短音。

站在入口處的阿何狐疑地往他們這邊看過來，虞因趕緊揮揮手表示沒事。

近午時分，他們在外面蹲等一樓的林家人回來，知道這戶和五樓是關係戶後，阿何說明些資訊，表示住這裡的林家阿嬤早上會出去拾荒，不過中午會返家吃午餐和卸掉一些撿拾物品，下午再出去繼續，所以他們往附近鄰居走了一輪後，將近中午又回到一樓外面等待。

聿也是在這時候收到東風傳來的東西。

一張人像年齡倒退的推測繪圖，六張婚紗照毛片。

虞因就是看見這些東西才不自覺發出聲音，他也看過毛片，但沒想到魔鬼真的就藏在細節裡，誰會想得到幾年前的婚紗照拍到的路人，幾年後突然出現在事主周邊作怪，而且上面還有著那抹黑色影子，不管怎麼想都不是偶然。

越想越不對，他乾脆還是招來阿何，把照片出示給他看，看能不能辨認。

果然阿何一看見馬上開口：「這是一樓那個阿嬤的丈夫啊，就五樓那戶的大哥，林金生……哎等等，素描那個年輕的是他兒子，林士博。」

阿何解釋了下，林金生年輕時手腳不乾淨，因竊盜和鬥毆、一些大小犯罪被抓了好幾次，林家經濟不算好，拿不出錢和解，所以常在監獄進進出出，現在老了也不在家好好待著，阿何當員警以來沒看過幾次這個老人，大多都是逢年過節這人才會出現；林士博也差不多，不過他早結婚了，住在外縣市，有輛小貨車零星接一些送貨跑車的工作，回這邊的次數屈指可數，嫌公寓太髒沒把妻小帶回來過，都是隔一段時間才來看兩老還有沒有活著。

說到這邊，小員警咳了兩聲，壓低聲音說道：「其實是因爲林士博垂涎老人家的房子，這幾年一直有建商想要把這三棟老公寓買下來重建，當時條件是一戶換一戶，加補貼一筆錢，不要房子的就直接給錢，所以林士博想把這筆錢弄走。」雖然這邊看起來滿荒涼的，但這一帶正規劃開發商圈，有持續在整合周邊地區。

「呃……」頗現實，虞因一點也不意外。而且他覺得三樓那戶之所以會派一個人回來照顧老人，恐怕也是這個理由，否則那些晚輩爲什麼不把老人接出去照護，或是送去安養院。

扯到財產就各種八仙過海了。

然而很多人不住這裡或是聯絡不上，產權有各種問題，所以開發商到現在還沒把這塊地弄下來。不過他們一路進來，外圍馬路和社區都已有初步商圈規模了，想必總有一天商人們依然會想辦法把這塊肥肉咬下來吧。

話說回來，五樓那戶現在又屬誰的名下？

還沒和聿交換自己的想法，三人就聽見老舊三輪車咿咿呀呀吃力的聲音出現在道路彼端，原本已經載滿物品的車後方又綁了一台小板車擴充，讓這一大一小堆滿東西的車看起來岌岌可危。

移動著這輛車的老人緩慢踩著踏板，一點一點地往老公寓方向靠近。

不曉得是不是昨晚留下的印象使然，虞因總覺得三輪車上的老人臉上帶著一股連中午陽光都照不亮的陰鬱，那種揮之不去的黑影如同某種生物盤據著在她的皮膚上滋長，成爲這個人的一部分。

半晌，三輪車終於駛近，先停靠到一邊的空地，老人才慢慢地爬下車。

很熟悉這裡住戶的阿何立刻上前打招呼，老人抬眼看了小員警，聽完來意後，沒什麼特別的表情，似乎對於有陌生人找她問這些事並不感到意外。老人先是把車邊的包拿下來，駝著背，動作有些不便地經過三名訪客，遲緩地往一樓住處走去。

虞因看了看阿何，不知道這算什麼意思，倒是後者對他們招招手，跟上老人的腳步。

一樓外雖堆滿各式可回收或破舊的東西，但住家門被打開後，裡面卻意外地乾淨，可能老人撿拾到可用的物品後會挑選部分拿回家修理使用，所以屋內重複的家具、擺飾，包括各種大小尺寸的櫃子有很多，木櫃層架修補後很有條理地分類囤滿了那些物品，進門就看見三、四台尺寸不同的電視，電扇也好幾支，凡是可以想到的生活家電幾乎都有兩份以上，連一些看上去八、九成新的美容儀都有。

比較奇異的是有個格子堆滿了膠帶，那種黃色的封箱膠帶。

門開的同時，一陣有些耳熟的風鈴聲響起。

虞因和聿對視了一眼。

老舊大門後的牆上掛著一串很舊的金屬管風鈴，門推到後方時正好會碰響，懸掛風鈴的繩子顏色不太相同，看來經年累月中曾斷裂過又被重覆修復。

「林阿嬤假日會去擺跳蚤市場。」阿何小聲地告訴虞因兩人。「之前有志願學生來幫忙賣，有陣子收入不錯，好像還有上人家學校的週刊。」

老人沒有招待三人，可能也很嫌棄不請自來的訪客，臉色一直不太好看，在阿何又發問了幾次後才陰森森地開口：「多久以前的事情了，誰記得清楚。」

「阿嬤別這麼說嘛，是說林阿公今天不在嗎？」似乎很習慣老人的冷臉和排外態度，阿何有點皮皮地開朗問道。

「沒看到人就是沒有。」老人吐出低沉又嘶啞的嗓音，機械式地整理了一會兒櫃上物品，接著走去廚房拿出一個用盤子蓋著的大鋼碗，打開後裡面是半碗冰冷的白稀飯，看上去不是很新鮮的糊糊米粒混著幾片沒吃完的菜心，她就這樣逕自坐到一旁，捧著碗慢慢一匙一匙將冷稀飯吃進肚裡。

這畫面看起來略有點詭異。

幾人面面相覷，阿何又講了幾句話，這次老人完全不搭理他們，直接當成了空氣。

這時候聿輕輕推了下虞因，動作很小，阿何沒有發現。

虞因順著對方不顯眼的指引跟著微微偏頭，看見隱藏在櫃子裡的相框照片。年紀大一點的長輩比較懷舊，家庭照片往往會放在客廳一隅，他們趁老人吃完飯去廚房收拾時快速用手機的相機功能往相框方向按了幾下，在老人走出來時再收回。

瞄到這些動作的阿何馬上向前幾步擋住老人的視線，依然笑嘻嘻地開口：「阿嬤，阿公和博哥出去了嗎？要不要我晚上過來時幫妳買便當啊？上次的排骨好吃嗎？」

聽起來這位小員警還眞做過一些送飯的事情。

但他的問題有點狡詐，林士博並不住在這裡，他卻問阿公是否與兒子出去，那便表明是在套話，看那兩人有沒有在一塊，又或者其實他們時常混在一塊。

虞因瞄了眼小員警，大概知道為什麼派出所會讓他過來。

沒聽出話中含意的老人臉色明顯稍好一點，然後揙揙手沒回答那幾個問題，把阿何揮到一邊，這才正眼看向虞因兩人。「你們也是那什麼拍網路的？」

「不是，我們是幫朋友來看看這裡發生什麼事情。」虞因見對方有意願交流，立即說道：「她曾經住在這個地方，當時和五樓的林先生一家有點關係……」

話還沒說完，老人的表情肉眼可見地變得猙獰，就好像看到什麼可怕的東西，一雙本來被皺紋壓平的眼睛瞪得極大。

虞因反射性跟著對方的視線看去，只看見牆上有抹黯淡黑色的小影子無聲地對著他們，大門邊的風鈴傳來聲音，無風自響。

老人發出尖叫聲：「又來了！你到底怎樣才肯走！」

站在一邊的阿何什麼也看不見，疑惑迷茫地看向虞因，又看看盯著青年的聿，不知該不該制止尖叫的老人。

幸好老人只叫了幾秒，可能肺活量不太夠，一會兒就咻咻地喘著氣，死死瞪著泛黃的牆面。

這時候，聿突然輕輕開口：「被你們害死的，有什麼資格害怕？」他偏過頭，迎上憤怒又帶著恐懼的目光。「你們以爲不會有人知道嗎？我們出現在這裡就是『祂』告訴我們事實，埋藏在泥土裡的祕密不會消失，只是在等待能找到的人。」

「閉、閉嘴。」老人看著渾身帶著冷意的年輕人，打了一個哆嗦。「早就……」

「妳怎麼會以爲過去了？」

聿慢慢彎出冰冷的笑意。

「永遠都不可能過去。」

□

「你說的是眞的嗎！」

韓時琮乍聽見對座青年說出口的消息，手機沒拿好，直接掉到地毯上，秀秀立刻小跑過來幫爸爸撿起手機。

「對，雖然不知道是什麼原因，但當年你們去拍婚紗照時，我想林家認出你的妻子，這一年來徐憶蓉出現異狀，很可能是在某個時間點被他們聯絡上、甚至見過面，所以她才會出現精神恍惚與記憶斷失，你妻子的通訊記錄已經在查了，我想很快就能看出端倪。」東風看完聿那邊傳來的消息後，把手邊的東西稍作整理，正想起身時腰側因動作一陣疼痛，他倒抽了口氣，擰起眉。「林家知道你的工作地點，雖然不知道爲什麼要去你公司打草驚蛇，但他們找上門了，快去找你妻子，別讓他們有機會趁虛而入。」

「喔、好。」韓時琮雖然很震驚，但很快反應過來青年說的問題點。妻子是生完圓圓後家裡才開始發生變動，如果林家眞的找上妻子，不管是什麼緣故，妻子精神產生變化、甚至惡化，就不是好事，更別說那兩父子試圖接近過自己，肯定有圖謀。

撇開無法理解的世界不說，這種人性問題，商場跑多了的韓時琮還是有一定的了解，對方這個時候湊上來不脫就是幾件事，惹上麻煩或者想要一大筆錢。都摸到他公司了必定就是已經知道他的職位、甚至收入，說眞的，要打發這種人還眞不是問題，尤其現在虞家還有警察背景，臉皮厚一點直接求助他們都行。

講得難聽點，沒有錢辦不到的事情，幾個社會底層的人蒸發說不定都不會有人知道。

拋掉不科學的因素後，韓時琮迅速找回商場菁英的狀態，手指在桌上敲了幾下，心裡立即打好幾個腹案，同時聯絡了今天與徐憶蓉逛街的朋友，請她盡量保持在人多熱鬧的地方，然後請熟人幫忙快速就近找幾位可靠的人前去保護妻子，接著再安排保母與圓圓那邊，自己則是準備動身和妻子會合。

「東風你留在家裡吧。」小伍制止東風的動作，虞佟出門前才各種交代他小孩身上有傷不可以讓他亂跑。「老大派人出來了，你擔心的話我和韓先生一起去。秀秀也留這裡吧，比較安全。」說著，他示意要交班的同事先進來，也是虞夏的人，去工作室買甜點時大家都見過。

韓時琮想想也是，不知道林家的人藏在哪裡，帶著孩子跑來跑去可能會發生意外，這邊有警方的人比在外面保險很多。

秀秀大概從氣氛感覺出來爸爸要去的地方不能帶她，所以很乖巧地沒有吵鬧，還主動說會乖乖在哥哥家裡等爸爸媽媽和妹妹來接她。

確認好周邊安全，小伍帶著韓時琮匆匆離開。

東風看著屋裡換班過來的員警，和小伍差不多年紀，只是比較拘謹一點，大概是第一次進虞家，對於虞夏的巢穴帶有敬意，約莫就是那種看守霸王龍和他的寶藏洞的反應，戰戰兢兢地守著屋裡的一大一小，完全不敢放鬆。

兩人離開不久後，東風再次收到訊息，是幾張照片，第一張是三人全家福，可看出一樓林家三口年輕的模樣，與他回推的人像相差無幾，後面幾張是屋內的照片，一樓的格局與五樓相同，不過這裡三個房間全都擺了床鋪和生活用品，看得出經常清理與居住。

傳給他照片後沒多久，虞因就打來電話。

「那個林阿嬤剛送醫，我們趁亂拍下來的。」虞因的背景音很雜亂，還有警笛聲。他把在一樓發生的事略微描述後，有點複雜地說道：「聿和她講完那些話之後，她突然大發飆，差點開瓦斯把房子燒掉，這邊的員警制止她之後她就翻白眼暈了，只好叫救護車。」

「那麼激動，見鬼了嗎。」東風把自己塞進沙發裡，單手輕輕摀著隱隱作痛的傷口處。

「應該是見了，我也見了。」虞因嘖了聲：「看起來小孩這幾年沒有少纏過他們。五樓大概便是他們封的，回收紙箱和膠帶可以對得上，其他住户也曾見過。奇怪的就是她似乎很恐懼又憤怒小孩，但是他們這幾年竟然都還住在這裡，沒有搬走。」

照理來說，樓上有一間鬼屋，裡面的「存在」還跑到一樓，正常人早就逃出去了吧。看他們公寓幾乎沒住戶，搞不好這就是原因，但礙於未來要賣給建商的價錢，他們又不敢明說，大概到現在還在嘴硬這裡沒東西，都是外面那些探險者的謠傳。

雖然虞因覺得這些傳聞已經差不多把房價都破壞光了啦。

「你們找到原本五樓林家的兩夫妻了嗎？」東風從沙發旁邊翻出一包不知怎麼塞進縫隙

裡的牛奶糖，然後拋給秀秀，小女孩喜孜孜地打開包裝，飄出淡淡的人工奶香味。

「還沒，阿何說那兩夫妻數年前出獄後就很少回這邊，但是……」

東風接上話：「他們其實一直有回來，而且近期才剛離開。」

「小聿也這樣說。」虞因倒也不意外兩個小的有一樣想法，畢竟就算是他，看了屋內狀況也有這種推測。即使一樓這戶的兒子偶爾會回來，但也不會三個房間全都保持著有在使用和清理的模樣，恐怕是有親近的人常常在這裡留宿，然而常來的員警沒有察覺，這表示他們不想被外人知道蹤跡。會躲避警方和怕被外界發現的人也不脫那幾種，而收留他們的通常也就那幾種。「他們十之八九都是共犯。」

「如果王家能夠進一步提供有用的供詞，我想就能解釋很多事。」東風話剛說完，猛地一愣，立刻把通話給按掉，改撥給小伍，平常這種時候小伍很快就會接起電話，然而手機響了很久一直無人接聽，重撥了幾次後另端的手機就被關機了。

一旁員警意識到有狀況，立刻聯絡虞夏，很快地走過來詢問：「發生什麼事情了？」

東風皺著眉按掉韓時琮一樣無人接聽的撥號，開口：「馬上找到他們最後的行蹤，可能出事了，暫時還不危及性命，入夜後就難說。」邊說著，他壓著傷處站起身。「林金生他們不只兩個人，我們去看道路監視器。」

本來正在吃牛奶糖的秀秀有點懵懵懂懂地看著兩位大哥哥，然後抬起手牽住東風，「爸爸他們遇到壞人嗎？」

「……沒事，有警察跟著他們。」東風想想，補充道：「我找位大姊姊來陪妳好嗎？」

秀秀乖巧地點頭，突然漾出可愛的大大笑容：「你們不要擔心啊，哥哥說他會保護媽媽的，因爲約定好了，說謊的小朋友鼻子會長長。」

東風微愣了下，「哥哥？」

「對呀，哥哥一直陪秀秀玩，你們不是也見過哥哥嗎。」女孩握緊東風的手，天眞爛漫地拍拍他的手背。「哥哥說你看過他好幾次了，你是好的大哥哥，他也很喜歡你。」

按照過往的經驗，東風立即意識到那個哥哥是什麼，他沉默了兩秒，看著小女孩。「妳有幾個哥哥？」

「一個啊。」秀秀理所當然比出一根食指。

那也就是說韓家屋裡的確實只有一個，另外一個沒辦法進到屋內。

可知的是祂對韓家與他們這些外人沒有展示出惡意過，扣掉韓時琮這倒楣鬼的話……又或者，其實祂並不是在攻擊韓時琮。

如果剛剛的想法成立，那麼韓時琮之所以會倒楣，是因爲「祂們」想要提醒他。

雖然把床掀飛出去是滿嚇人的，但也進一步引起虞因等人發現那本相冊和對韓家事件的重視。

徐憶蓉爲什麼突然拒絕再找大師來幫忙，是不是她下意識注意到屋內的東西可能和她有什麼相關，然而她卻遺忘了。

東風按著傷處，在心中嘖了聲，對於面對現在這狀況卻無法順利行動感到惱怒。

就在這時，一份檔案傳到他這邊。

是徐憶蓉的通聯記錄，除了手機、家用電話座機以外，更有大量公共電話打入，且時間點至今仍有，並無中斷。

他緩緩吐了口氣，猜測在這瞬間被證實。

過了一會兒，大門傳來開啓的聲音，原本他們以爲是要交接的女警到了，駐守的員警趕緊跑去開門，沒想到站在外面的人讓他吃了一驚，想也沒想到會是老大親自出馬，當然後面還帶著要照顧秀秀的女警。

趕回家的虞夏身上還帶著一絲任務後沒處理乾淨的硝煙味，微微挑眉。

「你說徐憶蓉可能也是共犯？」

「徐憶蓉可能是共犯？」

虞因在副駕駛座上打了幾次韓時琮的手機，果然還是關機中，他皺起眉，早先接到消息，小伍也跟著不見了，但他們現在回到中部幾乎也要近晚，根本來不及在第一時間幫忙，且眼下林家的事情也很重要，可能是個突破口，於是他趁隙聯絡了周震，希望如果有某種存在提示時，周震願意施予援手。

「嗯，她的失憶復發極大可能是舊事觸動。」聿跟著阿何的車，隨同員警一起開向當地醫院，老人送醫後剛剛接到消息已經略有清醒，阿何打算在事情鬧大之前趕緊先讓他們去問話，之後再交接給上級派來的人。

徐憶蓉的手機通聯記錄裡被證實有大量的公共電話來電，大部分都是半夜打來，通話時間最少也有幾分鐘，並非打錯的電話，更不是她說的幾個月前就沒有了；最近的記錄就在今天，往前點是同日清晨夜半，就是韓時琮看見妻子在鏡子發呆前不久；從撥出的公共電話附近調到監視器，有林金生等人出沒的影像。按這些記錄時間，她在第二個孩子出生前後便已接觸到林家的人，因此觸發她的精神異狀。

「呃，可是我不懂……」虞因有點苦惱地抓抓臉，「到底是什麼打擊才會讓她有這種精神狀態？」如果要造成記憶喪失，那麼精神上的打擊必定很大，如東風的狀況也是在很多可怕的連鎖事故後形成，徐憶蓉把七歲前的事情忘乾淨了，後來瑣碎的小事也經常遺忘，直到現在出現更詭異的狀況，那麼她在七歲前究竟遇到什麼？

「林家兩戶人很明顯有犯罪傾向，而且罪狀恐怕不小，至少比他們去坐牢那些罪名大很多。」聿快速在腦袋裡回溯一樓屋內所見的陳設與這段時間以來獲得的各種訊息。「王家可能是突破……」

話還沒說完，虞因的手機又響起來，顯示的名字是他家大爸，他立刻接通並開啓擴音。

「王家夫妻的兄長給了一條線索。」虞佟得知小伍兩人失蹤的事，所以沒有閒話家常，第一時間直接切入主題。「他說弟媳還活著的時候，每天都像瘋了一樣不斷重複一樣的話：『再讓我看一眼，再一眼，我一定、一定……』，他們原本以爲是她還想再看看自己死去的孩子一眼。」

虞因啊了一聲，突然想到很可怕的方向。

確實，他曾經在那間屋子裡聽見房裡傳來的哭泣聲，他當時以爲是林俐珍那可憐的哥哥，不過仔細一想，黑影從頭至尾都在陽台上，那麼房內的聲音是誰的？

再讓她看一眼，如果不是想念兒子，而是指凶手呢？

「那位王太太說不定眞的是認出來了，所以死纏著林家人不放——他們就是綁匪。」虞佟說著這些話的時候有些皺眉，當年承辦員警一直找不到證據，周圍熟人雖有幾個懷疑的對象，但全都一一排除，直到最後仍查無凶手，誰會想到凶手是不同縣市毫不相干的陌生人？

當她苦苦捱著，重回遊樂園時好不容易眞的讓她看見凶手了，誰又可以想得到對方竟然痛下殺手直接開車往她輾過去，並且以意外結案。

「王家的小孩被綁架時徐憶蓉還沒出生，但她長大後親眼目睹父母把人活活輾死，林家並沒有因小孩在場而手下留情，反而是凶狠地殺害對方，這表明林家兩夫妻很可能不是第一次在孩子面前做這種事。」虞佟頓了頓，看著手邊拿到的老警官筆記。當時老警官不是沒有懷疑過林家夫妻藉故行凶，可惜他們檯面上眞的和王家是兩條平行線，不但沒有任何交集，甚至連生活圈都毫無重疊，加上當時樂園中許多人都聽見林家在喊瘋子搶小孩，與王太太被周圍的人證明精神不佳，最後才被判定爲意外引起的遺憾。

然後與凶手們擦身而過。

王家夫妻含恨而死，老警官鬱鬱而終，他們幾個人到死都不明白孩子究竟是怎麼沒的。

「還有……他們當時帶著小孩吧。」聿緩緩地吐出冷漠的話語。

「嗯，那個年代，帶著孩子的夫妻很容易會被解讀爲無害，他們被瘋子纏上，害怕小孩受到驚嚇於是加速離開樂園這反應很正常，所以讓檢警先入爲主，大意忽略他們惡意犯案的可能性。」純樸的年代終究與熟知人心險惡的現代不同，帶著可愛的女兒一起到遊樂園玩的夫妻，怎麼可能會故意在小孩面前開車撞死人？虞佟無奈地在心中嘆息，可惜這都還只是他們現在的猜測，沒有具體證據可以安慰王家與還在等待眞相的人。

「徐憶蓉沒有被員警問話嗎？」虞因思考了一會兒，想到當時小小的林俐珍看見悲慘的現場，不知道是什麼反應。

「有的，不過小孩驚嚇過度，什麼都不記得，一要做筆錄就大哭不止還連連發燒、作噩夢，最後這部分的證詞無法提錄。」虞佟並不奇怪這個結果，目睹被撞死的屍體對小孩而言是很衝擊的畫面，更別說小孩疑似被父母挫創過精神，血腥畫面加上對父母極度畏懼，說不出來相當正常。

所以他們爲什麼要殺死王家的小孩？

單純只是要贖金也沒有新仇舊恨，難道是因爲王太太看到了他們的臉？怕被認出來所以將孩子給滅口……似乎不太對，王太太並不認識他們，而且當時王太太壓根沒能畫出嫌犯的面貌，他們當日就急著下殺手，對於只想勒索錢財的嫌犯來說有點沒道理。

當然不排除他們打從一開始就沒打算讓小孩活著回來，然而後面沒拿到錢就停止與王家聯絡的動靜也不對，乍然停止要求贖金，小孩就這樣死了，這比較可能是出意外。

小孩出意外，因此死了，不在嫌犯們的原訂計畫中，所以才馬上停止和受害者家屬聯絡，並把小孩棄屍到遙遠山裡，不打算讓屍體見光。

「於是你就這樣被埋了嗎？」虞因抬起頭，從後照鏡裡看著坐在後座的孩子緩緩抬起頭，一身的土壤泥濘，額頭上偌大的血口慢慢流出黏稠的黑紅色血水，發紅的眼睛無聲地凝視他們，泛黑的小臉抽動了幾下，發不出聲音。

血色的記憶迎面而來。

——他還是無法理解爲什麼那一天會變成這樣。

原本是很開心的一天，爸爸媽媽帶他去遊樂園坐了小火車，買了冰淇淋，還買了他指著要的小老虎吊飾。

然後有個哥哥迷路了，他們想要幫那個哥哥找到他的爸媽。

遊樂園人很多，他一抬頭，猛然看見牽著自己的是個陌生的阿姨，阿姨說媽媽在車子等他，然後他被塞進陌生寬寬的車裡，裡面有其他的怪物，他因爲哭了就被怪物們打了一頓，接著被丟進沒看過的房間裡。

很冷、又很痛。

怪物不允許他發出聲音，不然就打他。

他哭著哭著，房門突然被打開，他原本以爲是怪物又回來了，沒想到是那個迷路的哥哥，哥哥也讓他不可以發出聲音，他們悄悄推開沉重的大門，小心翼翼地走下樓梯。

可以回去找媽媽了！

雖然是這樣想著，但他們走到最後一階時，紅色的鐵門猛然打開，發出怪物和風鈴的聲音，恐怖的臉從門後探出來，那個怪物衝過來抓住哥哥的脖子就把人往屋裡的地上摔，他嚇得尖叫跑上樓梯，用力敲著旁邊的門。

鐵門裡的門開了一條縫，裡面有人呸了一聲，罵了好多話，接著怪物追上來扯住他的後領拖開。

門在他面前關上時，他只聽見門裡的聲音說：「五樓的那個北七又在亂敲門了，眞是亂洨。」

怪物把他拖進紅色的門裡面，一巴掌打得他連聲音都發不出來，原本死死握著的小老虎不知道飛到哪裡，全身被踹了好幾次，渾身痛得不行，最後怪物把皮帶抽下來，捲在他的脖子上。

他看見滿臉都是血的哥哥發出嘶嘶的哀號聲，對著他露出可怕的表情。

後來的事情他就不知道了。

他陷入一片黑暗。

在黑暗裡，很冷。

等到他隱隱又開始疼痛時，四周都是又冷又臭的怪味道。

他掙扎了一下，想要回去找媽媽。

一個冰冷的東西砸到他頭上。

泥土覆蓋他的口鼻。

他就這樣再也回不了家了。

□

阿何跳下車，看著跟在後面停好的車輛，很快上前。

因爲是虞夏學長的請託，所以他的直屬長官給他們偷開了後門，趁事情還沒捅開快點讓兩個小孩把想知道的事情搞一搞，在警方接手與媒體聞風而來之前撤退。

接著他就看見車上兩名青年的臉色無敵難看，一個明顯是發怒的難看，一個是好像突然發病一樣，血色盡失那種難看。

來到醫院的路上他們除了開車以外是還發生什麼大事嗎？

「阿因你沒事吧？」阿何選擇直接詢問臉色蒼白的虞因，邊努力在腦袋裡回憶關於虞夏學長他家的傳說，但好像沒傳聞兩個小孩有病之類的，難道是在車上吃了什麼，食物中毒？

「……沒事，有點頭痛。」按著陣陣發痛的額頭，虞因咬咬牙，覺得被鏟子夯了一下，連骨頭都崩裂的劇痛還沒完全退去。

眞的很靠夭，他到現在還眼冒金星，一鼻子一嘴的泥土腐敗味道，整個快吐了。

「小孩」大概不知道後遺症會這麼嚴重，血色的眼睛巴巴地從後照鏡裡盯著他，沒有肇事逃逸。

「王、王家……」又忍過一波暈眩，虞因推開車門，被先下車的聿扶了一把。「聯絡王家……看他們有沒有留著遊樂園……當天的照片……」

聿攙著人，很快把訊息發給虞佟。

「先進去找那個林家的。」虞因甩甩頭，深深吸了口氣。

老人被送醫後，因爲阿何有先招呼過，所以派出所來了名制服員警與院方協調，將老人單獨放在一個房間裡，老人清醒後三番兩次想要離開，被員警擋下，三人來到這個房間時，老人正在和員警糾纏，不斷發出低吼。

虞因沒有停頓，猛地打開病房門，裡面兩人停滯了幾秒，制服員警認出正在關門的阿何，後者對同事使了個眼色，兩人都沒有干預虞因的靠近。

「周迎弟，妳記得王書聰嗎？」虞因劈頭直接喊了老人的本名，看見老人在聽見後面那個名字後，身軀果然一縮，原本就駝著的背脊更駝了，黑色的小影子坐到她背上，狠狠地把她的身體往地面壓去。「妳怎麼覺得可以躲得過去？王書聰被妳丈夫用皮帶勒死，你們全都坐在屋裡喝酒看笑話，每個人不是都出腳踹了孩子嗎？菸酒味那麼濃重，你們還說有錢人家的小孩不是照樣踹著玩，沒想到把小孩活活勒死。酒醒之後，你們可惜的是飛走的錢，煩惱的是要開車出去丟屍體……這麼多年後，你們竟然還記得害怕嗎？」

站在一邊的阿何和制服員警被一番話驚得眼睛都瞪圓了，正想開口時被聿抬手制止，兩名基層員警覺得事情已經超乎預料，面面相覷後倒是沒有開口打斷。

老人縮著身體，牙關發出喀喀喀的聲響。「沒有、沒有……」

「妳不看看我是誰嗎！」虞因喝了聲，對著心虛的老婦人大聲說道：「我還記得你們在挖洞的時候，妳站在姓林的左邊，看見我睜開眼睛，把鐵鏟揮過來的就是妳，妳敢忘嗎！我明明還活著，你們卻一直把土蓋到我身上，妳敢說沒有嗎！」

老人瞬間發出恐懼的尖叫，彷彿看到惡鬼一樣連滾帶爬地從虞因眼前逃開，整個縮到病房的角落，被皮膚皺摺壓著的眼睛狠狠地瞪著眼前的青年。

「妳看看妳留下的痕跡，好痛啊。」虞因慢慢地摸著發痛的額頭，緩緩瞇起眼睛，語氣也跟著森然怨恨起來：「媽媽買給我的玩具掉在你們家了，還給我……妳把我埋在土裡面，讓我找不到回家的路，把我的命還給我……你們把我綁到這個地方來，我要你們賠命……」

「全都是林金生！是他把你弄死的！」老人在虞因踏著步伐逐漸靠近時慘叫了起來，她蜷縮成了一團，不斷哀叫：「你們一直纏著我們！我們根本沒辦法離開！夠了！幾十年了還不放過我們！你們都死那麼久了！還不放過我們！」

「怎麼可能放過你們，你們殺了我，殺了哥哥……還想殺妹妹……我要掐死你們……」

虞因抬起手，陰森森地再往前踏出腳步。

「那是林金生和林海生的主意！都是他們！我沒有要殺那個小的！他們只想要錢！」老人恐懼地吼叫。

「喔。」虞因直起身，在理智已經完全錯亂的老人面前幽幽地回過頭，把阿何和員警嚇了一大跳，兩人都用詫異的視線看著應該是人但好像又是鬼的自己。「……找人來偵辦吧，他們涉嫌綁架韓時琮與徐憶蓉，問出可能的地點，要快！」

制服員警貼著牆繞過虞因，一臉狐疑地直接把發出各種鬼叫聲的老人控制住；阿何立即回報上司，把狀況說完後他想了想，覺得青年應該是在裝鬼騙話，只是這個鬼裝得很像，「你頭上那個紅腫是因爲要這樣才撞的嗎？有夠拚。」從車上下來時他就注意到對方腦袋上有團紅，原來是用在這種地方嗎？

這年頭普通民眾都這麼拚命了，他們這些警察不好當啊！

「……你覺得是就是。」虞因已經不想解釋了。

「但是你怎麼知道他們就是殺了王家小孩的凶手？而且還知道得這麼清楚？」阿何想想又覺得不太對，剛剛那些恫嚇的話聽起來有夠像真相，這案子當年不是沒偵破嗎？爲什麼他們拿得出這種好像眞相的話來裝鬼嚇人？

「你的報告上就寫熱心民眾用電影和鬼故事的喬段哄騙嫌犯，嫌犯一時情緒崩潰自己說漏嘴吧。」虞因很貼心地幫對方想好該怎麼唬爛……該怎麼用合理方式呈現出正常的報告。

阿何張著嘴一臉呆滯，這時候突然又想起虞夏學長周遭相關的傳說，於是他慢慢關上嘴巴，摸了摸鼻子，突然知道學長們是怎麼打報告的。

聿走上前檢查虞因腦袋上的紅腫，確定正在消退後才收手。他沒問虞因爲什麼會突然神來一筆裝鬼嚇老人，因爲青年的視線頻頻放在老人略後方的位置，那裡應該就是「受害者」出現的地方，很可能是老人本身也被看不見的東西影響，故而輕易被這些話搞到崩潰。

否則按照前一晚他們在走廊看見對方時，那陰惻惻的視線給人的感覺，並不像會這麼乖巧吐露實話的善人。

「我覺得人總是會有一個衰退期，就像周大師告訴小淵他最近會很衰。」虞因從學弟那邊聽過抱怨，要找個福大命大的大腿抱好。「他們這些人對付小孩這麼凶狠，當下連點悔意都沒有，只想著拿不到錢，沒想到年老之後會怕成這樣。」

「所以他們才找上徐憶蓉，除了錢這個因素以外，」聿拿起手機，把訊息發進群組。

「他們想逃了。」

□

小伍甩甩腦袋，從暈眩裡恢復意識花了好幾秒，接著才想起和韓時琮上車後發生的事。

第一時間想到的是：靠杯這下回去可能會被老大弄死回爐重造！

他居然會犯下鬆懈遭襲這個基本錯誤。

而且對方還是個柔弱女性，這下大概會被整個小隊拿來當年度負面教材嘲笑。

從虞家離開之後，他們順利接到被保護起來的徐憶蓉，她不知情的好姊妹只以爲是韓時琮遇到什麼奧客，還說了幾句奧客嗆話都是假的，讓他們放寬心，不用這麼緊張云云。

沒想到他們轉頭上車就被徐憶蓉用電擊器放倒，正好兩人都在前座沒看見女性的動作，只聽她說突然想上廁所請小伍把車開到前面的路，轉進巷內有家認識的小店，他沒多想便順手轉進去，還在想巷子有點幽暗就吃了一發，然後有人開了車門往他腦袋補一擊。

醒來就在這裡了。

頭痛頭暈全身痛。

韓時琮躺在自己旁邊，手腳和他一樣都被束帶綁起，限制行動。

吃力地迅速觀察四周，是個廢棄的空間，看上去應該是個小廠房，角落還有幾架機台，格格不入的是其中一面牆的前方居然立著一面乾淨的穿衣鏡，攻擊他們的徐憶蓉現在正背對他們跪在鏡子前，幽暗的光線讓他隱隱可以看見鏡子裡投映出的女性露出詭異的笑容，那抹笑彷彿凝固在她的臉上，僵硬且讓人渾身發毛。

確認可以支撐後，小伍坐了起來，齜牙咧嘴地靠到後面牆上，正好抵在生鏽粗糙的小機台邊，他順勢踢了踢旁邊的韓時琮，倒楣的男人過了一會兒才哼哼唧唧地醒來，大概因爲是普通人，所以沒有被補上腦袋那拳，全身灰撲撲的商務菁英看起來狀態比他好些。

「這是哪裡？」韓時琮恢復說話功能後丟出疑問，隨即看見自己妻子怪異的動作，整個人半彈起來，又因爲身體疼痛與手腳受制而摔了回去。

大概被他們這邊的聲響驚擾，徐憶蓉突然抖動了幾下，機器人般回過頭無神地掃了他們一眼，又轉回去對著鏡子笑，還傳來自言自語的聲音：「對不起媽媽，我有聽話媽媽……我是乖孩子……」

「……」雖然知道應該是精神問題，但韓時琮還是打了個冷顫。

「欸你過來一下。」不科學事情的歷練滿多的小伍，很習慣地忽略周遭怪異的氣氛，然後把韓時琮拖到身邊。

「呃，我妻子沒關……等等，你怎麼解開的！」本來想問問妻子會不會有事，韓時琮後知後覺地發現自己是被「拖」到旁邊。

「我和同事常常比賽誰解得快啊。」某次去鑑識那邊看見玖深他們各種奇怪的遊戲後，小伍也興致勃勃地跟著參加，這種束帶往機台斷裂的尖銳處一割就會很好解，有點皮肉痛而已。接著他從鞋側摸出刀片，把腳上的束帶先割開七、八分，等等用力一掙便能很好弄開，轉過去也幫韓時琮解開束縛。「高風險職業總是要多種準備。」

而且他家老大的小隊真的太高風險，各種意義來說。

韓時琮看見對方的手掌側都刮開了一道血淋淋的傷口還面不改色，在心裡默默覺得警察真的很不好當。

內心正在痛到靠杯的小伍沒有發現一邊的敬畏眼神，貓著身體更仔細地打量周遭環境，雖是已經廢棄的小廠房，不過當時廠主關閉時門窗倒是有好好釘死，應該是怕被外人闖入，現在看來還是被闖進了，可見半敞的門是被撬開的，門鎖壞了，隱約能看見外面有道正在抽菸的身影，稍有距離，所以沒聽見他們這裡細小的騷動。

廠房內放置兩盞露營燈，照明的來源僅有這兩處。

外面天色微暗，約莫黃昏時分，門外飄進來的空氣味道是摻雜了肥料與土壤的農地特有氣味。

小伍想了想，拖著幾個人他們跑不遠，附近有農田的話就不至於人煙罕見，逃生機率相當大，但徐憶蓉現在的狀況顯然不會乖乖配合，說不定還會反過來攻擊他們。

他們身上包括手機在內的物品早就全都被搜走了，除了塞在鞋裡的小刀片，其餘都得現場發揮。

正考慮著幾種退路時，外頭的人也走了進來，兩人立刻把手背到身後佯裝仍被捆著。

進來的是名六、七十歲的老人，左脖側有團巴掌大暗紅色的瘤，讓他只能歪著頭，瘤下有一些血管紋路，不知道產生什麼奇異的病變，蜘蛛網般的紋路爬滿頸側與半張左臉，加上老人一臉皺紋與老人斑，使面孔看上去非常猙獰。

「你們醒了啊。」老人的聲音有點扭曲，可能原本就偏低沉，但被頸部病變一壓，講話的聲音聽起來相當怪異，還伴隨一種呵呵呵的不明氣音。

「……林海生？」小伍覺得那半張臉與林金生有點像，加上先前一、五兩樓的關係與些許猜測，他很直覺地說出對方的身分。

老人又呵呵了幾個氣音，算是承認。

「你們想要幹什麼？憶蓉已經和你們沒有關係了。」韓時琮沒有大呼小叫，反而相當冷靜地看著老人。「如果是缺錢，我有，我可以按法律的規定代憶蓉給你們該有的撫養費，前提是你們不能再來騷擾我的妻小。」

其實徐憶蓉不一定要給他們這筆錢，但現在這種狀況他們無法硬碰硬，而且還不知道妻子是什麼狀況。

「如果有其他的問題或麻煩，好好說出來，錢與律師可以到位，請問你們這是什麼意思？」緩緩撫平呼吸和語氣，韓時琮說道：「現在讓我們離開，我們不追究這件事，你們既然是憶蓉的原生父母，有事情可以坐下來慢慢商量。」

徐憶蓉這時也安靜了，但還是沒有轉過頭看他們，老人就站在她身邊，隨時可能發難。

小伍也是因為這樣而暫時不敢暴起，他看見老人的手一直按在口袋上，看形狀裡面有刀，他如果想往徐憶蓉脖子上捅，他們兩個是來不及跑過去救人的。

這時外面又傳來聲響，有個彎腰駝背的矮小人影端著一支白蠟燭走進，搖曳的燭火把那張斑黃的臉照得深幽發灰，莫名讓人想到童話故事裡很典型的巫婆形象，就差沒有傳出咯咯咯的笑聲。

即使是看過各種風浪的小伍也有瞬間對這畫面感到無語。

徐憶蓉突然被老婦人的進入觸動，偏過頭就是一聲壓抑又害怕的「媽媽」。

意料之中卻又感到意料之外。

意料之中的是兩老的身分，意料之外則是徐憶蓉的表現過度乖巧，三十年後對於兩老竟然依舊順從。

喀的一聲打斷小伍的思考。

只見老妖婆……老婦人手上傳來一個聲響，徐憶蓉隨之一震，看上去更爲戰戰兢兢。

小伍和韓時琮都被聲音吸引目光，那是個奇怪的黑色手把，有點像玩具，頂端有個圓按鍵，一壓下去就會傳來清脆的喀一聲。

「笑。」老婦人幽幽盯著徐憶蓉，後者立刻重新彎起眼與唇，再次露出那種固定的笑。

「乖，坐好。」

徐憶蓉艱難地移動因長時間維持同一姿勢而造成麻木的肢體，慢慢地改爲坐姿。

女性在移動時小伍眼尖地發現她下方的地板有幾圈奇怪的花紋，看著很像某種宗教符咒，但他不知其意，不過會出現在這裡，又是那兩個妖怪老人手上的話，十成十絕對不是好東西。

按鍵聲又響起來，這次徐憶蓉一動也不動地坐好，就像個無靈魂的精緻洋娃娃。

如果是利用聲音，那就可以解釋徐憶蓉爲什麼會這麼快就被操控了，他們只要通過電話或是可傳遞聲音的方法，徐憶蓉就會上鉤。

小伍盯著按鍵看了一會兒，認爲在這種狀況下要讓徐憶蓉乖乖聽他們的話、配合逃走，恐怕很難。

他不是主修這方面的專家，說不出精深的理由，但控制這種事從出生開始在最重要的童年裡持續了七年，早已把該服從的人與聲音深深刻印進靈魂與骨頭裡面，很可能已經成爲徐憶蓉最原始的本能反應，就算記憶空白、經過了數十年，她還是繼續服從。

這種人，沒辦法讓她臨陣倒戈。

投鼠忌器。

小伍瞇起眼睛。

老婦人把手放在徐憶蓉的頭頂拍了兩下，鏡子裡倒映出她們兩人一站一坐的身影。

白色蠟燭被放到穿衣鏡前，老婦人從口袋裡拿出幾張黃符，以徐憶蓉爲中心，一張一張貼在外圍，將她和穿衣鏡包裹在裡面，接著又緩慢地走到門外拿了幾個奶粉鐵罐進來，同樣陳列在穿衣鏡前。

鐵罐裡不知道裝了什麼，幾種不一樣的腥味與臭味飄出來、交織纏繞在一起，順著吹進來的風傳到小伍兩人這邊。

韓時琮這輩子沒接觸過這種東西，怪異的味道讓他差點吐出來，他真的很想衝上去抱了妻子就跑，但妻子在兩個老人手上，他不敢賭，只能眼睜睜看著他們上演一場奇怪的……邪教活動？

喀的一聲。

徐憶蓉緩緩往前傾，凝神看著鏡子。

老婦人抓著她的手，拿出蝴蝶刀在白皙的掌心劃了一刀，按到鏡子上，以血在光滑鏡面寫下一些咒文。

「來吧，開始。」

「乖，快把妳哥找出來。」

老婦人開口，說話聲也有種奇妙的漏風感，她端起白蠟燭開始繞著徐憶蓉走，駝背的她走起路有點歪斜，同時唸起了讓人聽不懂的咒語。

韓時琮被這幅畫面搞得毛骨悚然，尤其在他感覺到屋裡的溫度真的開始下降後。「憶蓉？妳可以不用聽他們的話。」雖然看不懂兩個老人想幹嘛，但不妨礙他試圖喚醒妻子。看也知道妻子小時候一定被這兩個老渾蛋做過什麼手腳，不過他還是努力想把聲音傳到妻子耳裡。「醒醒！想想我還有秀秀、圓圓！我們才是妳的家人，妳不須聽外人的話！」

老人果然從口袋裡拿出蝴蝶刀，頂在徐憶蓉後頸，坐在鏡子前的女性一點也沒有感受到後方的威脅，只是對著鏡子繼續微笑。

「妳跟妳哥哥說，叫他滾回地獄，不要再纏著其他人不放。」老人摸摸徐憶蓉的頭，猙獰的半張臉露出扭曲的笑。「對妳哥哥說妳很好，叫他不要再出現了，這世界不需要他。」

小伍和韓時琮飛快對視一眼，他們突然明白兩老的打算了，這兩人恐怕一直被那小小的黑色身影纏身，他們既要錢，也要徐憶蓉，不知爲什麼，他們認爲徐憶蓉可以驅走小黑影。

他們想解除陰魂纏身的「詛咒」。

如果是抱著愧疚跳樓的小孩，怎麼會纏著父母這麼多年不放？

韓時琮想得更快，他腦袋裡跑馬燈一樣瞬間飆過這段時間以來的種種，相關訊息最後停留在虞因兩人在南部發生的那一切，還有周震當時告訴過他們的話。

因果是什麼？

把妹妹丟下樓的哥哥爲什麼沒有被神明制止進入他家？甚至放任對他這個一家之主做出一連串恐嚇？

如果是要害妹妹的存在，爲什麼虞因他們都說對方沒有惡意？

抱持殺意的東西哪來這麼乾淨？

除非祂不是愧疚自殺。

祂從沒想過要殺死妹妹。

「憶蓉！妳哥哥是被害死的！」韓時琮對妻子大喊。

老人被突如其來的吼聲震得一愣的同時，小伍掙脫束帶，幾個箭步直接把老人摔飛出去，還來不及思考骨質疏鬆的問題，扭身抓住老婦人揮出另把蝴蝶刀的手，將她壓制在地。

韓時琮連忙擺脫腳上的東西，撲上去抱住渾身發冷、神情渾渾噩噩的妻子，無意間瞥見了鏡子，他看見一個三、四歲大，瘦得幾乎只剩骨頭的小男孩站在他們身後，透過鏡子對他微微一笑，既蒼白又悲傷。

鏡片乒的聲，瞬間爬滿血色裂紋，原本單一個的小黑影分成數百片。

還沒反應過來，一旁的小伍又跳開，門外衝進的中年人舉著鐵棒朝他砸來，鐵棒落空後不偏不倚砸到下方老婦人的肩膀，後者發出淒厲的哀號，小伍立刻與中年男人扭打在一起，幾拳砸在對方臉上，很快就把被揍成豬頭的魁梧男子按在地上。

韓時琮認出對方就是偷窺自己的那個奇怪中年人。

「不准動！」

舉著汽油和打火機的另一個老人出現在門口，所有人同時凝止。

濃濃的汽油味混入一屋子的腥臭裡，裝盛著汽油的塑膠桶直接往小伍臉上傾斜。

「去死吧！」

□

這天發生很多事情，例如小伍和韓時琮被綁架。

例如小伍本來以爲大概要上演與高齡人的汽油爭奪戰。

然而最後這個活動沒有發生。

專注於屋內狀況的林金生威風凜凜地舉著汽油打算先往最大威脅的員警身上潑時，應該要被敬老尊賢的老邁身體遭到一腳踢飛，然後和汽油一起在地面翻滾了幾圈，痛苦地癱軟在滿地的汽油裡。

幸好他買的是廉價的十元打火機，打火機在飛出去時就熄滅了，沒把高齡老頭當場點成高齡炭烤。

「老大！」看見毫不留情把人踹飛的救兵，小伍一個開心，再度把中年人的腦袋按回地面，發出砰的一聲。

虞夏挑眉看著屋內，突然覺得不用趕這麼急，一屋的老人根本都可以讓小伍獨自收拾，他只要過來收拾小伍就可以了。

後面跟來的小隊戰戰兢兢地跑去看躺在汽油裡的老人，很怕被虞夏一腳踹死，發現老人還有氣哀號和滾動後，紛紛鬆了口氣，看來他們老大還是有斟酌下腳，不然這年紀的老人被平常的力道踹下去，大概直接見他祖先了。

「喔，還活著啊，我就說他們幾個目前都沒有短命相。」舉著手機的周震跟在後頭，很好心地把畫面直播給還遠在他處的虞因兩人。一會兒後他被屋裡的徐憶蓉吸引目光，「哎，把人移開一點……對對，還有鏡子。」

被韓時琮抱開的女性下方出現幾圈黑紅色的咒文和圖案，穿衣鏡下方與鏡子後面也有奇怪的符文，更別說貼了一圈的那些黃符與裂開鏡子上的各種咒語。

周震搖搖頭，回過身告訴手機那端的收看戶：「招魂和困魂。因果報應哪那麼容易解，他們以為找來一個三十幾年前的因就可以緩解，殊不知那只是『一個因』，還有其他的因未解，諸如誰曾死於他們之手，毒品糟蹋的身體，不健康的習慣，惡意地欺凌他人……天眞啊。」

林金生從汽油裡被拎出來時，黏貼在他身上的衣物因動作而翻高，可以看見衣下乾黃的身體坑坑疤疤的，好像被很多的蟲蛀過一樣，看得正要押人的員警雞皮疙瘩都起來了，很不想直接觸碰。

這麼看起來，林家老的四人竟然身體都有病變問題。

「這倒不能全歸於虧心事，有時候居住環境和飲食作息也是個原因。」周震嘖嘖地看著老人從旁邊被押走，聳聳肩。

當然他是不會說的，站在黃昏與夜晚交替的幽暗天色下，注視著這幾人的黑影並不只有小小的身影，有些甚至如大人般。

手機那端的虞因顯然也看見了，同樣沒有說出口。

那些影子看戲般冷漠地目送老人們被魚貫拉出，然後一個個塞進警車裡，之後融於黑暗中一起退場。

周震很快地也走出小廠房，把現場留給警察們去處理。移動到外圍充當停車場的空地時，林致淵在一輛車旁邊朝他揮手，車內還坐著那個像女孩的小孩。

也是滿巧的，周震收到虞因聯絡時，是和林致淵在一起，他們正在處理馬路上那個徘徊的「人」的後續，接到電話時恰好將人送回家門口，收了尾便匆匆來到這邊；同時警方也查到了韓時琮車輛最後的去處、事發影像與南部老人的供詞，雙方跟著各自的線索，最終在停車處遇上。

林致淵看著周震回來，乖巧地幫人拉開車門，然後看見韓時琮匆匆地把妻子送上救護車。徐憶蓉出來時已失去意識，整個人被丈夫抱著，很依賴似地窩在男人懷裡。

「她應該會沒事吧。」林致淵收回視線，靠在車邊看著警方收拾善後。

「知道問題點在哪裡，對症下藥後，就靠時間慢慢撫平了。」東風瞇起眼睛，看了看焦急的韓時琮，被捲入這種事情後韓時琮仍然沒減少對妻子的關心，那麼知道眞相的他們未來應該會好好地攜手踏過幼時的傷害。

「那就是警方的事情啦。」周震一甩手，表示他們到此結束。

東風冷笑了聲，這個大師屁股拍拍當然可以走了，不過他們這邊還沒呢。

周震把手機一關，虞因那邊只好重撥了群組，東風將平板的通訊打開，南部那邊顯然也忙得很，虞佟和王家找出當年不少照片與偵查時的資料恰好可以用上，虞因兩人正在警局裡等虞佟。

沒一會兒，聽到外圍有員警說在林家開來的破舊小貨車裡發現一些繩索、刀、迷藥和汽油，甚至連農用鏟都有。

疑似差點被潑汽油或是被土葬的小伍氣噗噗地去砲轟中年人、也就是林士博，到底想幹什麼，顯然比較沒有老人們那麼有「經驗」的中年人畏畏縮縮地說，本來他是想要抓韓時琮威脅他吐個幾百萬出來，但沒有打算要殺人，因爲前段時間他沉迷地下賭場，把客人的貨款賭掉了，知道堂妹丈夫很有錢，才盤算著想上來弄一筆。

但兩個月前過來時，已經在這裡藏匿大半年的林家兩老一直神經兮兮地說要先把女的控制起來，然後等一個特定時間把鬼弄出來，搞什麼困魂還驅離的，遲遲不肯動手。麻煩的是這女的雖然在電話裡表現得痴痴呆呆的很聽話，但一提及要錢或是把小孩抱出來給他們，就開始什麼都不說，一點反應也沒有，喪失記憶似地很難搞。

「我聽他們說有辦法用電話控制那個女的，要她做什麼就做，去面壁、把小孩抱到桌上她真的都照辦，但要她拿錢或把小孩弄出來就裝死，他媽的還說可以完全操控。」

「還在那邊說啥一定要等到啥洨時間點，先出來不行，陰魂會暴動……媽的綁手綁腳。」

「結果等到後來還搞來一堆大師，幾個老的有夠智障，只能讓她把人趕走。」

他貨款被追討得緊，和他老子商量後想先把韓時琮弄出來，用他老婆的過去敲一筆，反正男的先綁也不影響他們等時辰解決陰魂。他老子想想覺得也可以，畢竟女的聽他們的話，想抓隨時叫出來都行。

哪知道他老爸去公司沒把人騙出來，他在外面想過去攀談時，韓時琮又和個高大的男人去喝咖啡，他想想打不過兩個，後來韓時琮追上來時就跑了。

小伍罵了幾句，把人又塞回車裡。

林致淵搖頭，收回視線，一低頭正好和東風對上眼。

「你的事情都辦完了嗎？」東風沒搭理打起手遊的某大師，把平板關了，下巴靠在車窗邊問著站在外面的大學生。

「唔……沒吧。」林致淵有點無奈地嘆口氣，他知道東風在詢問小明哥、也就是騎士自撞死亡那件事情。「你記得上次我同學、學長們租屋事件發生時，我不是在急診處遇到一個吸毒的人嗎。」

「嗯。」東風點點頭，那是個司機，後來在醫院裡死亡。怪異的是對方背景單純，什麼也查不出來。

「那個司機所在貨車行的老闆有個妹妹，是小明哥工作上的好朋友，前陣子我們夜遊時有人無意間和小明哥提到這件事，小明哥就託那位妹妹去問了車行老闆，後來……小明哥就自撞身亡了。」林致淵按了按額頭，雖然入夜後的天氣並不涼，但他覺得有點發冷。「自撞這事警方那邊已經很清楚說明是意外，可是就那麼巧，後來虞學長又『看見』小明哥沒有被招走，我就更覺得不太對了。」

話說到這邊，兩人幾乎是不約而同轉過去看車上的「大師」，周震的手機碰巧發出了一個遊戲死翹翹的音效，一臉剛正嚴肅的男人面對自己死掉的第一關，嘖了聲：「多問無益，那小子自己都不知道自己怎麼撞死的，迷迷糊糊趴在那邊還聽不到招魂聲，枉死沒個債主頭，對方有高手。」

「看來你就是個菜雞了。」東風很不客氣地回以嘲諷，順便瞟了眼掛掉的遊戲。

周震勃然大怒。

「我他媽是業餘！」

□

後續的事情調查了好一段時間。

主要是林家幾個老人驚嚇完、等他們腦袋清楚了點後，居然還記得要冷靜以對，死都不肯承認做過什麼事情，不然就是擺出一副老人失憶的模樣，表示年代太久什麼都不記得，搞得偵辦人員很想往他們那粒皺巴巴的腦袋一巴掌呼過去。

不過比較年輕的林士博嘴巴就沒那麼緊了，幾次問下來卻沒問出什麼，大多是已經被定過罪的一些事，例如詐騙、鬥毆那些。

「我是眞的不知道老頭他們年輕時幹過啥，短命堂哥跳樓的事情就和報紙說的一樣。」

「怎麼認出徐憶蓉喔，啊就老不死的他們說拍婚紗那女的很像，當時就照了幾張相片來看……後來、後來就查婚紗車上面印的名字和電話啊，叫我老婆打電話說親戚介紹的就套出來她老公名字……啊網路查一下才知道人家大企業主管。」

「本來沒打算找他們麻煩啦。」

「這兩年老不死的他們突然陸續驗出得癌，不管你們信不信……幾個人的片子一照出來，居然都有張人臉。」

「他們就嚇瘋了啊，在那邊碎碎唸說什麼陰魂要他們死，到處求神拜佛，最後說什麼冤親債主要把他們拖進十八層地獄。」

「後來好像找了個什麼法師吧，說要把那啥冤親債主哄出來，把它封起來煉化，陰魂沒了就不會繼續詛咒，他們就不會死了。」

「喔對了，我突然想起來，那個跳樓的小鬼啊，好像是他老母和前男友生的，和我們不是同姓。」

沒多久，老公寓一樓裡成千上萬件的物品搬開後，在一個老櫃子下方的凹槽處搜出一個發黑的小老虎吊飾，與王家提供的樂園照片上出現的一致。

那疊數十張的樂園老照片經過鑑識小組層層檢驗後，最終在一扇玻璃門的倒影裡奇詭地提出林海生兩夫妻的身影，顯示當日他們確實與王家夫妻同在樂園，甚至還有那瘦小男孩的身影。

男孩身上穿著的大概是他被父母抓出來「工作」時，爲了要讓受害者父母分心才換上的唯一且最好的衣服，雖舊，但至少沒有破洞。

接著又查出這些年徐憶蓉生父母的軌跡，不知道是不是眞遭到了五樓那傳說中鬼屋的詛咒，兩夫妻四處搬家，但不管怎麼搬都搬不出老公寓附近範圍，只要搬遠一點就會遇到各種怪異的災難，小從房子水管爆開、煮飯差點瓦斯管線斷裂失火，大到房梁牆壁裂開，差點在大半夜把他們砸成一灘肉泥，就算是短暫蹲在監獄裡都不得安生，每隔一段時間必出意外，兜兜轉轉數十年下來，竟然一貧如洗，連個安居的地方都沒有。

當然，一樓林家也差不多狀況，他們只好繼續住在原本的房子裡，離不開也不能離開，就算找到個像樣的工作也會因眾多意外被辭退，但又會適時地拿到些補助，加上拾荒，吃不飽，卻同樣餓不死。

看著這些生活軌跡，事後聽到的虞因等人只覺得可能是報應吧。

徐憶蓉隔日甦醒後，仍舊把所有事情忘得乾乾淨淨，警方查出的通聯記錄裡那大量的對話內容，或是說出什麼控制語，都是個謎。

他們是怎麼威脅徐憶蓉的不得而知，女性把事情忘光了，幾個老人嘴巴閉得死緊，堅決不肯透露是用什麼話控制徐憶蓉。

那個發出聲音的按鍵把手被拿去拆開，裡面什麼都沒有，眞的就是個會發出聲音的按鍵而已。

這事情大約又過了兩週。

某天晚上虞因作了個夢。

徐憶蓉也作了個夢。

從丈夫那邊得知事情始末後，徐憶蓉雖然極度震驚，不過在丈夫與孩子的支持下定期看起了心理醫生，一些不時遺忘的記憶和怪異的舉動逐漸緩解，隱隱地開始恢復不少被忘卻的過往瑣碎。

她的夢很簡短。

是個很瘦小但又很可愛的男孩抱著一個小小的嬰兒，哼著短短的生日曲子。

在過去一年裡，生下孩子的大人們懶於照顧嬰兒，把小女嬰丟給鍊著腳的男孩打理，一點一滴地餵養與哄睡。

在冰冷的世界裡，懷裡的小嬰兒是最溫暖的存在。

「約定好了，保護妳。」

「阿姨說生日可以許願。」

「生日可以有最好的東西。」

「這是送給珍珍的生日禮物，我們約好了。」

「飛出去以後，我們就不用和怪物一起生活啦。」

男孩吃力地爬上陽台打開鐵窗，在封閉又悲慘的空間裡為他們開了一扇朝往自由的門，然後用被單很仔細地把嬰兒包好。

「我會去找妳。」

「會保護妳。」

「走囉。」

她流著眼淚醒來，但不確定這個夢是眞實還是虛假。

虞夏夾著資料夾踏進準備好的室內。

林金生和林海生兩個加在一起百多歲的老人坐在裡頭，被他踹了一腳的林金生腰扭傷到現在還沒復元，之前嚷嚷要告他謀殺，然後被駁回。

「我們什麼都不知道。」林金生冷笑著哼了聲。

「我也沒打算要你說什麼。」虞夏把資料夾拋到桌上，直接坐在兩人對面。認眞說，如果不是因爲他們太老，當天應該趁對方想灑汽油時把人暴揍一頓。「剛好我得到個有趣的情報，來說個故事給你們聽。」

老人們一臉無所謂的神情。

「很久很久以前，有那麼一個女人放棄一切與之私奔的前男友跑了，給她留下六個月大的肚子和孑然一身。女人沒有什麼謀生技能，挺了個肚子四處被嘲笑，所以她只好回家讓父母花大錢安排嫁給另個願意接球的傢伙。」虞夏環起手，無視林海生半張越漸猙獰的臉。「總之呢，那個小孩生下來之後爹不疼、娘不愛，一個看他是拋棄她的人留的拖油瓶，一個看他是別的男人生的垃圾貨，所以那小孩基本上被當成一條狗在養，屋裡什麼工作都丟給他，平常丟在陽台讓他自生自滅，髒的時候隨便沖點水刷乾淨就好，沒吃完的廚餘就是那條狗的一餐。」

「公寓裡的人都以爲那小孩腦袋有問題，實際上沒有好好接受過教育、又長期被作爲動物飼養，他根本無法像正常人一樣思考與成長。但如果給他一個機會，他其實是個相當聰明的孩子……否則怎麼會被那兩夫妻用在誘惑其他夫妻、綁架他人的孩子上。」虞夏翻開資料夾，點點上面搜查來的證據，「那孩子三歲之後至他死亡的前一年、五歲時，有幾個遊樂園分別發生過幾起兒童走失案與綁架案，大多都是聯絡家屬獲取一筆可承受的贖金，小孩就被放回了，有幾起甚至連報警都沒有，家屬害怕孩子會被撕票，選擇私下了結。」

「一開始，大人們都覺得很順利，而且這樣錢來得很快，加上可以利用小孩的『智障』來掩蓋肉票鬧出的小動靜，直到王家小孩那件事情發生——被當成狗的孩子突然懂是非善惡了，他把小肉票放出去，兩人差點逃走，可惜一樓住的也是綁匪同黨，王家的小孩在一樓撞見四個喝得爛醉的大人，或許見到了足以辨識他們身分的東西，就這樣遭到毆打。」

林海生聽著聽著，不自覺朝旁邊的老人看了眼。

虞夏笑了下，「他們以為把小孩打死了，趁夜拖到其他縣市的山裡掩埋，沒想到小孩沒死，但是他們也不想處理重傷的小孩，乾脆繼續把他埋掉。」

「從頭到尾目擊這件事情的孩子對此深深感到恐懼，也幸好四個怪物一樣的大人發現屍體被挖出來後商議暫時停手，沒多久小女兒出生。」

「我想那個被養在陽台的小孩大概是覺得那個被叫作自己妹妹的存在一旦長大，不是會變成他這樣，就是會變成王家小孩那樣，所以妹妹不能待在怪物的巢穴裡面，只要從這個地方離開，外面有很多好阿姨和好吃的東西、獎勵，他只要把妹妹從這個地方送走就好了。」

「你或你的手下想像力很豐富。」林金生呵呵嘲諷兩聲。

「所以我說『說個故事給你們聽』。」虞夏並沒有把對方的挑釁看在眼中。「幸好這妹妹沒死，但幾天後，男孩從五樓被活活摔下來，他沒有打算跳樓，而是警方與媒體差點因為小嬰兒墜樓這件事在五樓找到什麼，某些人怒極了把惹事的男孩從樓上砸出去，營造他愧疚畏罪自殺的假像。」

「這想法很新穎。」林金生聳聳肩。

「喔，如果你知道那時期正常成長的小孩還不太清楚『生死』、『自殺』代表的眞正意思，就不會認爲新穎了，更別說沒有得到啓蒙的小孩。這年紀小孩的死亡，通常都是意外，或者『他殺』。」虞夏直直看著林海生那半張扭曲的臉。「他在死前還抓了一把凶手的臉，但什麼痕跡都沒有留下來，不過現在看起來，那個紀念品還滿疼的對吧。」

林金生重重搥了一下桌子。

「別衝動，故事還有後半段。」虞夏翻開下一頁，上面出現了那張樂園裡、兩夫妻的倒影。「可惜小女孩沒有離開，而在她逐漸長大後，也如同哥哥一樣遭到父母控制，因爲有哥哥的前車之鑑，他們換了新的操控手法，把女兒做成聽話的傀儡。見大眾同情、憐惜女兒，刻意訓練女兒用天使般的面目朝向外界，並陸續得到各界捐款，直到他們有一天想起來，綁架案的風頭應該過了，女兒也足夠聽話又漂亮可愛。於是他們再次去了樂園，這次還沒有得手新的小孩，卻被一個不知哪來的瘋女人纏上……那個女人從失去小孩之後就不斷惦記著『再看見一眼她就知道了』。」

「然後她眞的知道了，她除了看見凶手，還看見更多凶手沒看見的東西。」

例如趴在凶手身後的小孩。

但這並不會被採信。

「意識到這是王家人，凶手們一不做、二不休，順勢假藉對方死纏不休，可能告訴了她點什麼，女人就更瘋狂了，衝出想攔車，被『意外』輾死。」

「沒多久，兩夫妻終於因爲某些案子被抓走，小女兒進入兒童安置機構，從七年的控制生活突然被釋放，迷茫的自由與對未來不確定的壓力造成她精神錯亂，爲了保護自己，她下意識讓恐怖的記憶消失，因此機構並沒有讓她被『親戚』領養，而是轉由專人照顧與輔導。機構雖然發現小孩遭遇不明的精神打擊，可惜直到最後都沒有問出來，幾年後，等到孩子可以正常生活了，就替她安排一對非常優秀的養父母，讓她開心愉快地成長，變成他人掌心上燦爛的明珠。」

「這些都是故事。」林金生面色不改地說道：「再怎麼編，都是故事，有證據再來說話吧。」

「當然，沒有證據的話這就都是故事，不過我們有位鑑識就特別相信這種故事，行動力同樣很強，雖然很害怕鬼屋，然而還是把鬼屋牆面的漆和污垢全都清乾淨……喔，包括一樓。」虞夏翻開下一頁，把夾在裡面的照片平攤開。打亮的壁面上出現了幢幢黑影，矮小瘦弱，似乎長期在牆上遊走，遍布滿滿同樣的輪廓。五樓的牆壁上有，一樓的牆壁上也都是，整個畫面看上去非常有震懾力。他點住其中一張好像人頭一樣的黑影，盯著兩名老人。「碰巧的是，幾位的身體裡面似乎都出現類似這樣的影子？癌細胞侵蝕速度變快了吧？看來這故事可能還是個恐怖故事了。」

林海生開始顫抖，臉色蒼白到不行，林金生更是面部扭曲，看上去巴不得把身體裡面的黑影給挖出來。

「告訴我們這個故事的孩子託我們傳達，『一切都還沒結束，事情永遠不會完』。」虞夏把照片推往前，停在兩名老人身前。「順帶告訴你們，兩位的妻子聽完故事後，承認了不少事，我覺得我們的鑑識小組應該差不多要把你們埋在地裡的證物挖出來了吧。」

說完，虞夏也沒有停留，拿起檔案夾，把照片置於桌上，直接轉頭離開。

身後，林海生恐懼地慘叫起來。

□

「照片做假沒關係嗎？」

虞因看著手上幾張誇張的「牆壁照」。

如果眞的讓某鑑識去刨這種牆壁，大概還沒挖出來，人就先哭著逃走了吧，根本不存在堅強弄完兩間屋子的可能。

「不列入證據，談話也非正式談話，沒關係。」黎子泓翻著手上整疊的報告，林家的案件牽涉甚廣，但很多都沒有證據又有各種追溯期問題，恐怕大部分都無法成立，這比牆壁照是不是眞的更讓人苦惱。

更別說套他們話的「夢」，本身就更不具公信力了。

「周大師說他們會有因果報應，但我覺得還是要有法律的報應比較好。」虞因嘆了口氣，把某法醫加工的「靈異照片」彈開。

接住飛過來的精心製作，嚴司嘖嘖地欣賞了下自己偉大的合成技術，然後繼續吃手上的小點心並閒嗑牙。「不能否認，當人爲制裁不了時，還是等天收比較快。我是覺得被圍毆的同學你可以和周大師考慮成立陰間報應大禮包快遞業務啦，代客報仇多帥啊，還有可能會被改編成電視劇喔。」

「……不用了謝謝。」虞因突然就想把手邊的奶油蛋糕擼到對方的腦袋上。

改編電視是啥鬼！

誰會看啊嚇死人！

「哎反正你們工作室都可以橫越奈何橋了，多元化開發利鬼利己，還可以達到天人合一，功德陰德一把抓，讚喔。」嚴司很好心地快速幫忙規劃。

虞夏一進辦公室就看到自己的地盤被人拿來開下午茶大會，而且話題還非常奇怪，他直接看向扭曲話題慣犯的某法醫。「不要亂教小孩。」

從頭到尾都沒有加入垃圾討論的聿端來手沖咖啡遞給虞夏，還附帶茶味小點心。

「鬼故事有用嗎？」虞因看向辦公室的主人。

「兩個女的被嚇到招了一半，等他們病症加速惡化後，我想應該都會招出來吧。」虞夏離開時注意到林金生兩人的臉色，林金生是團體裡最強勢的，如果連他都示弱，那四個老人十之八九不會把祕密帶進棺材。

「周大師說他們身上的病其實大多是長期生活不正常造成的，和鬼沒那麼大的關係。」

虞因捧著香噴噴的奶茶，有點感嘆：「阿飄只是把他們關回去籠子裡，不讓他們去害別人，如果他們不要打徐憶蓉的主意，那位哥哥甚至都沒在妹妹生活出現過。」

林家重新盯上徐憶蓉是在拍婚紗照時，而黑影也是那時出現，一年前聯絡了徐憶蓉，一年前韓家出現怪事。

小小的哥哥只是應約而至。

「有些人就是活該吧。」嚴司並不覺得有啥好可憐，這種人讓他們活到這麼老眞是賺到了，沒幹壞事的小孩死了，幹壞事的人活到七老八十，眞不公平啊。

「人能幫他們討回公道的部分，盡力做就是了，討不到的地方，我想祂們有一天會繼續討。」虞因想著那晚在五樓看見的幢幢黑影，他原本以爲是白痴探險人亂招魂的結果，但如果不是對這個地方有極大的執念，那些影子會留這麼久嗎？

其他的黑影究竟是什麼，說不定林家人自己知道。

王家綁架案和相關的兒童綁架案慢慢被釐清後，即使這些老人眞的因沒有證據而躲過牢獄，恐怕等待他們的也不會是什麼好事情。

當年被綁的孩子大多家境優渥，多年後就算有一部分家道中落，但有錢有閒的人聯合起來，幾個老人基本上是不會有什麼能夠安養的老年生活了。

「敬看不見還遲到的因果報應。」嚴司開玩笑地舉起手裡的杯子。

「敬最好不需要這種報應。」

虞夏幾人碰了杯子。

辦公室的門再度被打開。

「老大，找到證……好香喔你們在吃什麼？」巴著門，玖深開開心心地跑進來，下一秒他看見桌面上根本該打馬賽克的照片後，笑容直接凝固，然後顫抖地原路退出去。「對不起我不應該進來。」他就不該衝動，找到夢寐以求的證據太開心趁休息跑來報喜什麼的，根本不應該跑出研究室。

嚴司抓著照片跳起來。

玖深秒轉身就逃。

「玖深小弟看看我精心的作品～～」

「滾開啊啊啊啊啊──！」

看著遠去的兩人，黎子泓搖搖頭，蓋上檔案。

「我和憶蓉找到她哥哥的墳墓，把祂遷移到一個風水比較好的地方了，往後我們也會常常去看祂。」

週末時間，韓時琮再度拜訪工作室，這次他帶著秀秀和一個大大的茶點盒，開開心心地來拜訪工作室的主人們。「後來家裡就沒再發生事情了，周大師說我們以後會順風順水，不要做壞事就好了。」

事件過後，他與妻子花了很大的工夫，在各方人士的幫忙下，終於找到當年男孩最後容身的地方。老實說，那地方並不好，挖掘出來時，廉價的小棺材已經腐朽，裡面的骸骨早已嚴重毀壞，可見當年被埋下時多麼漫不經心。

幸好周震介紹的人滿好心的，替他們整理好遺骨，且慎重地重新替小哥哥搬了個新家。

不知道是不是這個原因，當他們重回大樓時，突然覺得家裡變得很清新乾淨，不是肉眼那種家具的乾淨，是一種好像感覺或心靈上的乾淨，總之是個很舒適的感覺。

夫妻倆覺得，這一定是接下來能夠全家一起幸福快樂生活的好兆頭。

「那就好。」虞因摸摸秀秀的頭，給她一個聿特製的布丁。

「另一位不在嗎？」韓時琮沒看見東風，覺得有點可惜，他可是厚臉皮去老師傅的店拜託了好幾天，才磨到對方幫他做的外帶茶點，不然這家店不讓人外帶。

「他回家了。」說到這個，虞因也覺得有點疑惑，事件解決當天東風突然打包回老家，他們從南部回來沒見到人，現在大半個月過去了還賴在家裡，平常這時候應該都跑出來了，昨天打電話時言媽媽還說東風在沉迷什麼奇怪的東西，暫時留在家裡。

不知道在沉迷什麼。

真稀奇。

正在倒茶的聿頓了一下。

家裡的人什麼都沒提，不過他知道房間裡的急救箱被動過了，而且缺少的藥物適用於哪些傷勢的處理他也很清楚。

「但是他有寄土產來，剛好大家可以一起吃。」虞因想起前天早上寄來的宅配箱，裡面有不少甜口的東西，秀秀應該會很愛。

聿把茶端到桌上，順便往剝奪點心分量的虞因腿上踢了一腳。

根本不知道自己爲什麼被踹的虞因滿臉問號。

工作室的大門再次被推開，幾個人紛紛回頭，看見一對年輕夫婦走進來。

「莊先生。」虞因沒想到蓁蓁的父母還會來拜訪，有點吃驚。

「是你啊！」韓時琮站起身，有點意外看見來訪的人。

「你們認識？」看看韓時琮又看看莊先生，虞因更訝異了，沒想到前後兩件案子的人居然是認識的。

彼此先是寒暄了一會兒，莊先生才開口：「我們的工作坊要重新開張了，蓁蓁應該會想我們趕緊工作，所以來同行遞個廣告。」他笑笑地拿出邀請卡交給虞因。「有空歡迎來玩啊，有機會也一起合作。」

「一定。」虞因收下邀請卡，愉快地回應。

韓時琮遇到當時間接幫他躲過公司外麻煩的人也很開心，拉著蓁蓁父母就聊了起來。

莊家兩夫妻看著可愛的秀秀也非常喜愛，稍晚徐憶蓉抱著圓圓過來，兩家相見歡，很快便熱絡得不得了，一下午過去，莊家夫妻就晉升爲秀秀的乾爹、乾媽，還莫名塞了個見證紅包給虞因兩人。

後來一群人又熱熱鬧鬧地包了餐廳，大概有種相見恨晚的感覺。

離開工作室時，虞因走在兩家人後面，悠然地回過頭，看見兩道小身影站在路邊朝他揮手，帶著吟吟笑意，最終轉身消失在黑暗中。

又或者，永遠地走出這個黑暗。

□

東風抬起頭，原本稍暗的空間被多事的人打開主燈源，整個室內徹底大亮起來，讓他不得不微微瞇起眼睛。

「嗨～小東仔，我們來玩了！」

看著衝入小書房的髒東西，東風沉默了兩秒，想叫人來把這玩意趕出去，然而後面跟著的是他學長。

他就是不想被言家人來人往地慰問，所以才躲進比較偏僻的小書房裡，沒想到管家還是把人往這裡帶。

「好點了嗎？」黎子泓把手上水果交給一邊的管家，皺眉看著滿地紙張。除了各種亂七八糟的暗碼與數字，還有上面繪有各式各樣圖案的圖紙，建築、人像、幻想生物……都有。

「好得差不多了，本來就沒什麼事。」東風抱著繪圖本從軟綿綿的沙發裡拔起身，懶懶地回答。

「你肉太少了，差點傷到內臟，多休息一陣子吧。」嚴司很不客氣地一屁股往沙發裡塞，伸手就往機械貓的衣服撩過去。

拍開伸過來的手，東風瞪了對方一眼。

「戳你一刀的凶嫌到現在還沒有吐露動機，堅持自己只是嗑多了，以爲看見外星人才動手。」嚴司也沒生氣，順便把消息帶過來。

「不意外。」東風冷笑了聲，這麼明顯的攻擊擺明是不會承認的，那種人要是扯皮嘴硬，沒證據就拿他沒辦法，只能按檯面上的辦。

但是……

東風小弧度地偏過頭，想起當時被刺傷的瞬間，對方吐出的那句話。

「你有頭緒嗎？」黎子泓輕聲問道。

「……沒有。」東風縮回沙發裡，給予否定的答案。

管家把切好的水果端上來，書房內陷入短暫的寧靜。

「小東仔，你知道爲什麼是我們兩個來嗎？」嚴司笑笑地又起一片蘋果，看著又開始自閉的機械貓。「我們可是幫你擋了被圍毆的同學和你們那位小學弟，不然可是有不少人想來找你玩喔。」

機械貓躲在家裡的理由太爛了，什麼叫作沉迷奇怪的東西，一聽到平常對外界沒什麼喜好的人突然沉迷某種東西，更會讓人想來看看怎麼回事好嗎。

「我們都知道你有些話沒說，至少告訴我們兩個，大哥哥發誓不出賣你。」某法醫露出眞誠的笑容，然後伸出被某鑑識視之爲惡魔爪子的手指。「打勾勾，誰先出賣就剁人頭。」

黎子泓看了一眼全天候二十四小時都在出賣別人的某友，深深思考是否要拆台。

「……你的發誓沒屁用。」東風把對方的手拍開，相當直白地吐槽回去。勾屁勾，根本信用破產好嗎。

「行吧，那用我前室友的名譽發誓。」嚴司抓起黎子泓的手擺出一個宣誓的手勢。直接一巴掌把北七的腦袋推開，黎子泓收回手，認眞看著東風。「你現在不想說也沒有關係，但無論如何，你要知道我們在你身邊，一直都在。」

「……嗯。」東風點點頭。

「所以我說還是要好好地交心啊。」看機械貓不是很想聊嫌犯的問題，也不想談青少年的煩惱，嚴司直接把自己帶來的大背包甩到桌面上，三兩下打開，露出裡面的白色遊戲機。

「來來來一起打一把，戰場上拚血拚汗拚兄弟，有什麼不能好好說的，可以打幾把再說。」

「爲什麼我的遊戲主機會在你的背包裡？」看著眼熟到不行的主機，黎子泓本來以爲是這傢伙自己買的，直到他看見邊緣極小的藍色小花——混帳法醫某次賴在他家時往他的主機上面造孽弄出來的圖案——這眞的就是他的主機沒錯。

「不只主機，還有遊戲片啊。」服務很好地連遊戲都帶上，嚴司摸出一排遊戲片和幾個手把。

「報警吧，現行犯。」東風把室內座機遞給遭小偷的檢察官。

「我知道這是你們的感謝，我人很好，完全收到你們內心的謝意。」嚴司一人塞一個手把過去。

「並沒有。」看著竊賊的另外兩人異口同聲否認。

「唉，小可愛們，大哥哥可以理解你們的傲嬌。」嚴司伸手掐住旁邊小孩白白的臉頰，然後拉了兩下，發現其實還是有點彈性，手感不錯。「多可愛啊，笑一個。」再戳兩下。

東風終於翻臉了。

這段時間一直懨懨窩在家裡的人暴起，水果盤直接往某法醫的臉上掀過去。

「給我滾出去！」

有完沒完！

可愛你媽！

黎子泓無言地看著又一次吵起來的兩名友人。

公認高智商，然而放在一起大概只有五歲。

無言地走到書房電視邊，自動裝設遊戲主機，默默地放好遊戲，拎著手把打開前陣子剛買的新遊戲，正好趁休假玩一下多人模式。

然而「多人模式的夥伴們」似乎還在互相殘殺，把原本安靜的書房搞得雞飛狗跳。

「不滾咧略略略略～～」

「滾啦！」

「來追我呀啊哈哈哈哈～」

「快滾！」

「……」

說不定等等會發生凶殺案。

看來還是先玩個單人好了。

《約定》完

# 附錄．日常三兩事

## 鄰居．其一

林曼瑩是家手搖飲的老闆。

在各式各樣飲料店爆炸性擴張的今天，她也經歷過數次來自於數量龐大同行們的壓力，終於在數百種飲料品牌林立的今日，靠著一手親自熬煮的配料，硬生生地打開了自己的飲料店獨特性，建立起忠實的客戶群，在這百花齊放的市場裡咬下一塊肉片來。

即使她經常想告訴客人們：喝無糖吧，不然至少喝微糖吧孩子們。

高甜度的飲料眞的很可怕。

話扯遠了。

總之，她開始注意到那三個兄弟的時間很早，主要是巷底的那幢老房空了許久，陸續來看的人都沒有成功拿下那棟房子，似乎是老屋主很挑人，一直看來訪的年輕人們不順眼，各種挑剔刁難。他們這些商家經常沒事就在閒嗑牙猜測老屋到底哪天才會租出去，或者直接轉手換屋主。

就這麼過了好一陣子，當他們都覺得大概要等老屋主掛掉後，那荒廢的老屋才會被兒孫經手處理時，某天，她從後門走出來呼吸新鮮空氣，猛然就看見個生面孔在老屋附近徘徊，仔細一看，還是高高帥帥的大男孩，相當年輕，眉眼與輪廓略顯清冷，不是很愛交際和說話的樣子，自帶閒人勿擾的低溫氛圍，有種無法親近的隱士高人感。

隔日，這個大男生帶了個比較嬌小、不知是妹妹還是女友的人一起來看房子，這倒是讓他們這些鄰居有點意外了，因爲大男孩看上去不親人，雖然他帶來的小女生也是一臉冷漠、全身散發「不要來碰我」的氣勢。

——後來他們才知道那個「小女生」也是個男孩子，果然長得漂亮的都是男的，可惡。

出乎所有人意料，老屋沒多久就開始動工，動工勘屋前又來個年紀更大一點的男孩子，與前面兩個不同，這個大男生親和許多，而且稍微有點小騷包、喜歡打扮，大概是剛退伍，腦袋的頭髮還很短，刻意戴了頂帥氣的帽子來，屬於時下追求潮流的男生。

確認要施工前特別帶了些點心來與他們這些左鄰右舍打招呼，並告知工程日期與時間，該做到的人情世故都沒有落下，就像鄰家小朋友般十分討人喜歡。不過他初來乍到那時的表情，與其說是來規劃新店面，不如說帶著滿腹憂鬱來收某種爛攤子，看起來一點都不像是要開店的那種期待與開心，熟識後問過幾次，對方都說沒什麼，只是那陣子比較累，她便沒再追問原因了。

老屋迎來簡單的工程和裝潢，主要是長久沒人居住，一些老舊管線、電路都要更新，巷底也因此人來人往了一小段時間，隨後設計工作室就這麼低調地開張了，三名風格各異的男孩子就成爲工作室的店主們。

林曼瑩最常見到的就是年齡最大也最親切、經常代表工作室其他兩人與外界交流的虞因，特別是他們工作室開始販售烘焙點心後，她時不時聞香去搶食，很快就與對方混熟了。

沒多久，周圍的巡邏員警越來越多，隨後才知道小孩們的爸爸都是員警，相關人員勤勞地多幫忙巡幾圈，致使他們這一區變相得到許多關照，宵小幾乎不再出沒，一些愛惹事的奇怪客人也消失很多。

這讓一排店家都相當高興，經常把活動的折價券塞進工作室的信箱裡。

同時，也逐漸注意到工作室裡與周圍的奇異之處。

比如另外兩個很帥和很漂亮的男生經常不出來見人，不然就是把別人當隱形人。

比如主掌店面的大男孩偶爾會用奇妙的神情盯著路人或是上門的客戶。

喔，後面那項大概就類似現在眼前發生的這樣。

「你在看什麼？」

林曼瑩提著晚餐正要返回店裡，看見工作室裡的其中兩人站在略有點偏僻的街角，年紀比較大的那個正盯著昏暗偏僻的路燈，凝神注視。

說起來，巷裡這根路燈不曉得是怎麼回事，漫漫長路好幾根路燈裡只有這根特別黯淡，林曼瑩記得飲料店開張至今，這排路燈也換過不少次配件或燈體，但它始終比別燈都暗，有時還會奇異地閃爍，路燈底下經常會有飛蚊流螢旋繞，唯獨這根底下特別乾淨。

很謎。

如果不是這裡的老住戶、老店家，是不會注意到這個問題的。

虞因和他比較高的弟弟回過頭，兩人一起看著飲料店主走來。

「路燈怎麼了嗎？」抬頭看了看仍是老樣子黯淡的路燈，林曼瑩隨口問道。

虞因並沒有馬上回話，反而有點疑惑地盯著自己一會兒，那表情很認眞，雖然讓比自己小又帥氣的大男孩盯著看的感覺還不賴，但她總有種感覺，像對方其實不是看著她，而是看著她周邊的「某樣」東西。

大概過了快半分鐘，虞因才咳了聲，有點隱晦地開口：「那個……老闆娘妳是不是最近……嗯，該怎麼說呢，好像生活上有點不順，肩頸疼痛？或是小感冒什麼的？」

「？」林曼瑩微愕半晌，第一反應是先搖頭，兩秒後好似想到某些事情，立即又點頭。「最近老睡不好，起床之後昏昏沉沉，肩膀有點痠痛沉重，去了幾次養生館沒改善，正打算找天去診所掛個號。」因爲備料、煮料與搬運各種重物，所以她也滿習慣各種筋骨痠痛了，不過一直沒改善還是會擔心是不是受傷了不自知。

「喔喔那要快點去看看，若是受傷就不好了。」虞因順著對方的話點點頭，收回視線，一臉替對方擔心地說道：「說起來老闆娘妳知道前陣子外面有一戶辦喪事的老闆，他們什麼時候會重新開張嗎？我記得妳和老老闆很熟呢。」

「喔，聽說下個月才會重開呢。」林曼瑩想起上週才收掉的白事，因爲對方正好辦在必經的路邊，所以她幾乎每天都會經過。老老闆生前是他們飲料店的常客，很愛她特製的珍奶，常常躲著兒子跑來買一杯，所以當時她還特意去上過香。「唉，聽說老老闆在醫院仍惦記他的珍奶，可惜那時已經喝不了了……當時去上香應該帶一杯去給他送行的。」

說到這邊，林曼瑩突然一個靈光乍現，「搞不好我眞的得帶杯給老老闆。」莫名地，她就是覺得好像該這麼做。難怪她老感到當時好像少做了什麼，希望現在去那戶老闆家追加個珍奶上香能得到許可。

「嗯嗯搞不好喔。」虞因點點頭，繼續贊同對方的話。

「那我先回去啦，你們應該也差不多要關店了吧，早點回家喔。」林曼瑩說著，揮揮手便提著晚餐，一臉歡欣地往自己的店離去。

不過才剛走出去沒幾步，外頭又匆匆跑來個中年男子，仔細一看，居然還是他們剛剛聊到的辦白事的那戶老闆。

中年男子一看見飲料店老闆娘，彷彿鬆了一口氣，馬上跟著老闆娘邊走邊說：「說起來妳不信，但是想請妳幫個忙，我爸一直託夢給我說他還要喝一杯……」

□

「珍奶？」

聿挑眉看著並肩走在旁邊的青年。

「嗯啊，我看老老闆跟在老闆娘後面，一直拍她的肩膀想引起她注意力，可能眞的很想喝珍奶吧。」虞因覺得爲了一杯珍奶產生的毅力頗強，不過換成他搞不好也會幹這種事情，心心念念想吃啥結果臨死前就是缺了那口，怎麼想都很怨念啊！

大概再去一趟老老闆家裡後，老闆娘的肩膀痠痛就會改善了吧。

聿歪著腦袋想了一會兒，覺得自己找不到對那杯珍奶執念的點。

「每個人都會有自己喜歡的口味和東西啦！」虞因光看對方迷惑的表情就知道這傢伙肯定又開始質疑別人家美食的眞實性，讓人莫名拳頭癢。

老闆娘的飲料店某些料確實比別家好吃不少，然而卻踢到聿這塊鐵板，虞因剛到這裡時也覺得店家的幾種手工料搖飲還不錯喝，買了兩、三次之後，旁邊這位仁兄就把人家的配方給破解了，並且做得更好喝，甚至連珍珠都自己手作出來，比外面的更健康還Q彈，簡直變態。

可惡，被這樣一搞突然好想喝珍奶啊！

等等回家還是帶一杯吧！

「燈柱放著不管？」回到工作室門口，二樓的燈已經關了，帳也早算好了，其實就差把鐵門鎖起來而已。

「呃、那個還不知道怎麼管。」虞因抓抓臉，覺得這種事大概還是要聯絡專業的來。

起初他注意到燈柱異常是在工作室開張後的某天深夜，因爲趕客戶的東西，他那天快半夜兩點才離開工作室，結果一抬頭就看見燈柱上掛著一條人影，當下把他驚得完全清醒。

後來聿和東風查過這一帶的資料，發現燈柱其實沒發生過事情，但在這之前……應該說很久很久之前，這裡還沒開發時有棵大樹，當時附近居民發生了點爭執，沒想到有個死腦筋的頑固村民就在樹上吊死——眞正意義的吊死。

事過境遷，百年過去，大樹都已經被移走，那位村民依然掛在同個位置，只是換成掛在燈柱上。

當年發生爭執的源頭是什麼，地方誌上根本沒寫，也沒有流傳下來，但虞因確定對方眞的相當頑固，竟然還是堅持繼續掛。

他也無法跟附近居民解釋那根燈柱黯淡無光，是因爲有位「本地居民」風雨無阻地夜夜上工吊掛。

這想超渡都不知道從何渡起，而且說不定也有人來處理過，無果。

從附近居民們的反應和這陣子打聽到的傳聞來看，「這位」沒嚇過人，也沒託過夢要香火，或是讓後代子孫前來請回去之類的，完全無法得知祂的內心訴求，鄰里更不知道有祂的存在。

祂就是這樣掛著掛著，繼續掛著，幾乎與路燈結成一體，偶爾還會隨風飄搖。

「可能……得等祂的有緣人，或者某天參悟吧？」虞因想想，對方知道自己看得見祂，先前他去燈柱下方時就與紅色的眼睛對上眼過，但對方依然毫無反應，大概、大概真的要等到某個契機吧？

不然就要等到仇人轉生再繼續找他算帳之類的？

虞因想了一輪，最終聳聳肩。

聿看了對方一眼，既然對青年來說無害，他也懶得管太多。

就是多了另外一種形式的附近鄰居而已。

嗯，大概就是這樣。

## 鄰居·其二

林曼瑩，擁有一家小有名氣的手搖飲，網路上打卡的人不少，算是網路名店。

「嗨！小東風！」

下午在店門口整理花草時，老闆娘看見工作室的小孩走過去便順口喊住對方，白皙的小臉轉過來，賞心悅目的精緻五官像洋娃娃，正露出一絲淡淡的疑惑表情。

不得不說，在他們這排店家檯面下的交流聊天裡，這小孩雖然反應很冷漠，但卻相當受歡迎，當然親切的虞因和冷酷帥氣的聿也經常被大家討論，果然有顏即為正義，不管多冷淡還是被大家所喜愛。

拎著一個小木盒的東風看起來似乎不太想尬聊，不過還是乖巧地停在店家前，等待喊住他的老闆娘。

「來來，喝看看今天的特調。」林曼瑩趕緊讓店員打一杯特香醇濃郁的綜合水果牛奶，很快地將飲料杯塞到對方手上。「上次謝謝你的防狼藥啊，我們店裡的小女生說很有用，一次就逮住色狼了。」

東風看著手裡略涼的杯子想了一會兒，才想起有這回事，他搖搖腦袋：「去謝虞因。」

飲料店有位鎮店美女，前陣……應該說她通勤時不時就會遇到色狼，林曼瑩常常看著美女來上班時氣呼呼地喊色狼溜得很快，總是在人擠人的時候偷摸一把，她高喊大家要幫忙抓時，又找不到人，監視器也看不出來，眞的讓人很氣。

後來林曼瑩和虞因抱怨了這件事，過沒兩天虞因帶了條緞帶給她們，說上面縫了點藥劑包，捏下去才會爆，讓美女找個地方別上去。

美女直接把緞帶加上裝飾別在裙子，位置就在屁股上，好巧不巧那天搭公車就遇到色狼，往她屁股一捏，對方立刻傳來哀號，色狼一爪子爆出大量紅疹，當場被逮個正著，公車司機秒將車開到警察局，這才知道色狼還是個慣犯，專挑監視器拍不到的角度下手。

不明藥物來勢凶猛，那隻爪子紅到像被煮熟一樣，但退得也很迅速，前後約莫一小時就退得乾乾淨淨，只剩點細小的紅疹證明這玩意存在過。

但聽說紅起來又痛又癢就是，誰也不知道藥物配方是什麼，就這樣蒸發代謝光了。

美女相當開心，又拉著虞因幫忙要了好幾條防狼緞帶。

「哎呀，東西是你做出來的，當然要謝你啦。」林曼瑩這段時間接觸下來，算是看出這孩子有點傲嬌的性格了，與冷酷到可能有一天會變成「霸總」的聿不同，眼前這漂亮的小孩雖然看起來很冷淡，不過只要對他釋出眞誠的善意和好言好語，他就會小心翼翼地收起尖角回應。

眞的很可愛。

「……隨便吧，反正只是小東西。」東風立即把飲料錢放到櫃台上，拎起木盒快速走人。

「那是請你喝的啊小東風！你付錢我就得買一送二了，等等，把其他兩人的一起帶回去～」林曼瑩讓店員追加兩杯，一手一杯直接拔腿追上去。

「妳自己拿給他們。」

「好呀，那我順便去看聿的點心出爐沒有。」

「……」

□

「東風好像和附近的鄰居相處得不錯呢。」

虞因送走了飲料店老闆娘，吸了口特製水果牛奶，濃醇又帶點冰沙的沙沙口感，讓人幸福得瞇起眼。

「……你瞎了嗎？」東風把木盒裡的小怪物拿出來，放到旁邊的櫃子上。

「我看你們一邊聊一邊走過來啊。」虞因笑咪咪地看著擴張交友範圍中的友人。

「她要拿飲料給你們，還要買點心，只是在問我今天出爐什麼。」東風當然回說不知道，他又沒有通靈那些烤箱。

「那就是在聊天啊，說起來，你的防狼包還真的幫上她們大忙。」從旁邊拿了塊瑪德蓮，虞因配著牛奶，愉快地享用下午茶。

老闆娘他們不知道的是，其實那些防狼藥物根本就是東風自己用過的東西，東風有陣子也是靠大眾運輸移動，被色狼偷襲幾次大怒之後，就開始反襲擊那些見色出爪的壞蛋，後來他煩了改搭計程車，沒想到藥劑正好幫上別人的大忙。

「……拿著我的防狼包去泡女店員，沒有搭上線就算了，結果還被人家當成好姊妹的存在，你好意思快樂？」東風冷漠地看著猛然一僵的虞因，陰森森地冷笑了聲，落井下石。

「關心我的社交不如關心你自己的未來吧。」

「說好不提這些事情。」虞因頓時覺得下午茶不美味了。

這件事是這樣的。

飲料店有位特別漂亮的女店員，工作室開張後虞因就被美色吸引，經常去光顧，後來和對方聊著聊著得知了少女的煩惱，特別找了東風和聿想想要怎麼幫忙。

東風被問煩了，隨手把以前配的防狼包丟給這傢伙。

考慮到女孩子的需求性和美觀，虞因特別把濃縮的藥包改小，並仔細縫在緞帶裡，還弄了個小機關，只有被不正常施力時才會爆出來，碰上人擠人情況的小磨擦時並不會。

因爲太貼心了，後來色狼一抓到，女店員歡天喜地地來找虞因，還嚷著要介紹他一起去姊妹淘聚會玩，下次大家可以逛街聊天聚餐茶會之類的。

虞因當場眼神死絕。

他這陣子貼心地噓寒問暖直接被對方當成好姊妹啊靠！

早知道就不和對方聊美食、服飾、化妝、拍照和旅遊溫泉了，有夠難過。更難過的是女店員現在看到他都會露出姊妹們溫馨的笑容，還幫他把飲料升級加大，自動不加糖避免肥胖，他都不好意思拒絕了，只能含著血淚接受關懷。

正常不是應該會被當成追求者嗎？

爲什麼輪到他就毫無懸念成爲逛街好姊妹？

戀人未滿的好朋友不行嗎？

虞因感到胃痛。

更胃痛的是人家後來有男朋友了，還比他高。

「你應該慶幸的是你沒有被定位在工具人。」東風想想，給了實際點的安慰。

「……不要說出來。」他連當工具人的選項都沒有。

「呵。」東風給予冰冷的一笑。

看著擁有高中美少女外殼的傢伙，被消遣的虞因決定同歸於盡：「還敢說我，便當店老闆兒子給你送了一個禮拜的雞排便當呢！」

「我有給錢。」而且便當最後進了眼前這人的肚子裡。

「鍋燒麵店老闆給你終身加大加料加麵！」

「不需要。」他食量很小不知道嗎！

聿端著烤布蕾盤下來時，正好聽見兩位合夥人正在彼此「人生」攻擊。

日常互捅自滅，可以無視。

「小聿也有！」

端著銀盤正要走向點心櫃的人頓了下，紫色眼睛慢慢地轉過去注視著突然朝他放冷槍的某人。

「日式料理店老闆的小女兒上次送了一盤黑鮪魚給小聿！」虞因指向同樣和鄰居有情感線但未果的人。

「然後？」聿沒有感情地開口，並盤算著晚餐與明日三餐要餵對方吃什麼，才能讓他不要那麼八卦嘴賤。

不然還是毒啞吧。

「……」不知道為什麼，虞因突然感到一陣惡寒，很有求生欲地改變話題：「我是說，我們附近鄰居人眞的都很好，超好。當初選這裡眞的選對了，小聿的眼光有夠棒。」

「繼續扯吧。」東風懶得跟這傢伙槓嘴皮。

講到這，虞因倒是想起來另外一件事：「說起來，料理店好像今天開始有新菜單，晚餐如何？」

「隨便。」聿想想，料理店老闆確實有把刷子，當初來採點就是因為也滿喜歡附近的幾家餐廳。

「所以我說鄰居眞的都不錯，對吧對吧。」

「……」

是這麼不想吃到毒嗎？

聿歪頭想想，工作室附近的鄰居們確實是都不錯。

不要打開感情線的話。

〈日常三兩事・鄰居篇〉完

案簿錄的四格小劇場

腳本／護玄
繪／Roo

地圖

謠言往奇怪方向發展了

## 攜帶物品

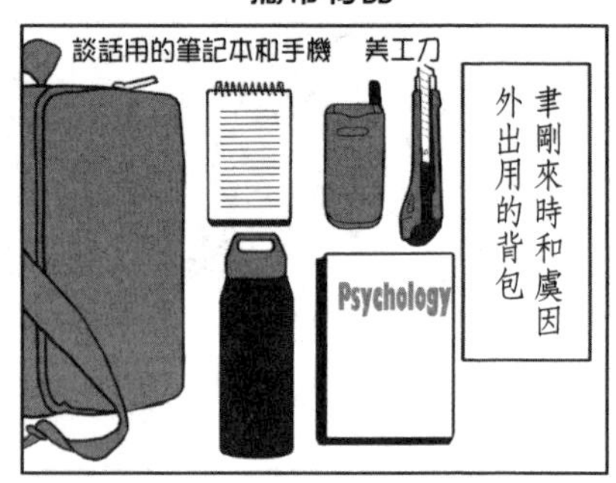


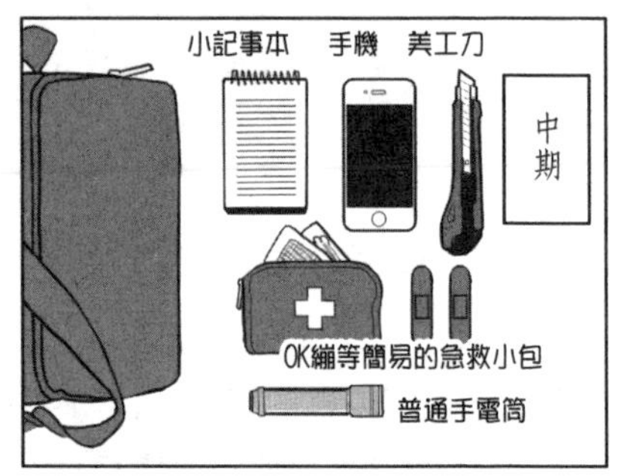


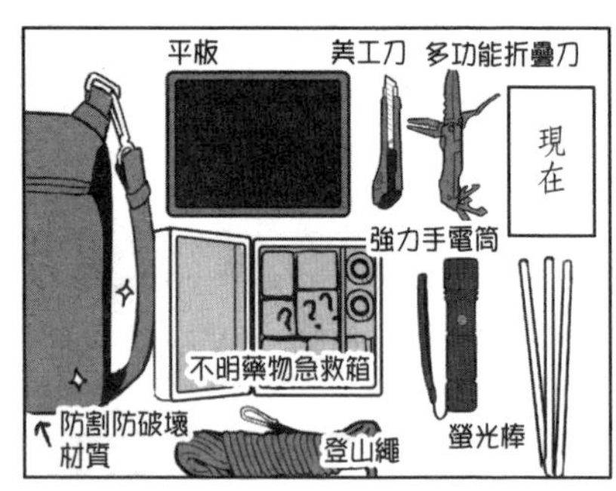

生命和歷史帶來的教訓

## 攜帶物品2

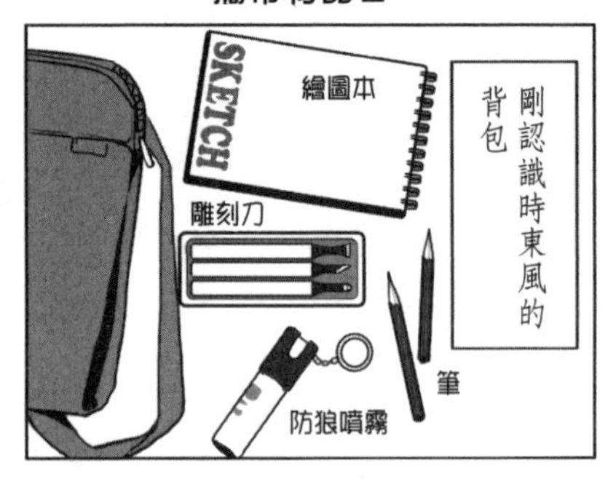

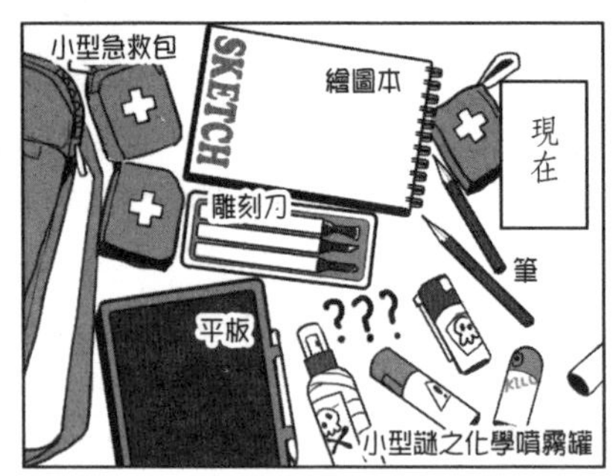

危險行為請勿學習

## 印記

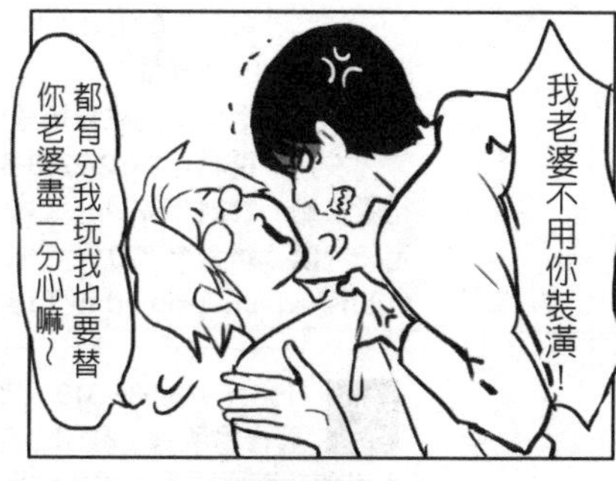


後來還是接受了

## 多人遊戲

遊戲體驗極差

國家圖書館出版品預行編目資料

約定：案簿錄．浮生. 卷三 / 護玄 著.
——初版.——台北市：蓋亞文化，2022.03
面；公分.

ISBN 978-986-319-638-9（平裝）

863.57 111000441

悅讀館 RE403

# 約定 案簿錄．浮生 卷三

作　　者　護玄
插　　畫　AKRU
四格漫畫　Roo
封面設計　莊謹銘
主　　編　黃致雲
總 編 輯　沈育如
發 行 人　陳常智
出 版 社　蓋亞文化有限公司
地址：台北市103承德路二段75巷35號1樓
電話：02-2558-5438　傳眞：02-2558-5439
電子信箱：gaea@gaeabooks.com.tw
投稿信箱：editor@gaeabooks.com.tw
郵撥帳號 19769541　戶名：蓋亞文化有限公司
法律顧問　宇達經貿法律事務所
總 經 銷　聯合發行股份有限公司
地址：新北市新店區寶橋路二三五巷六弄六號二樓
電話：02-2917-8022　傳眞：02-2915-6275
港澳地區　一代匯集
地址：九龍旺角塘尾道64號龍駒企業大廈10樓B&D室
電話：+852-2783-8102　傳眞：+852-2396-0050
初版二刷　2024年07月
定　　價　新台幣 270 元
Published and printed in Taiwan

ISBN 978-986-319-638-9

# 約定

## 案簿錄・浮生 卷三

### 蓋亞文化　讀者迴響

感謝您在茫茫書海中選擇了蓋亞，您的支持是我們最大的動力。
不要缺席喔，讓我們一起乘著夢想的羽翼，穿越時空遨遊天地！

| |
|---|
| 姓名：　　　性別：□男□女　　出生日期：　年　月　日 |
| 聯絡電話：　　　手機： |
| 學歷：□小學□國中□高中□大學□研究所　　職業： |
| E-mail：　　　（請正確填寫） |
| 通訊地址：□□□ |
| 本書購自：　　縣市　　　書店 |
| 何處得知本書消息：□逛書店□親友推薦□DM廣告□網路□雜誌報導 |
| 是否購買過蓋亞其他書籍：□是，書名：　　　□否，首次購買 |
| 購買本書的動機是：□封面很吸引人□書名取得很讚□喜歡作者□價格便宜<br>□其他 |
| 是否參加過蓋亞所舉辦的活動：<br>□有，參加過　　場　　□無，因為 |
| 喜歡出版社製作什麼樣的贈品：<br>□書卡□文具用品□衣服□作者簽名□海報□無所謂□其他： |
| 您對本書的意見：<br>◎內容／□滿意□尚可□待改進　　◎編輯／□滿意□尚可□待改進<br>◎封面設計／□滿意□尚可□待改進　◎定價／□滿意□尚可□待改進 |
| 推薦好友，讓他們一起分享出版訊息，享有購書優惠<br>1.姓名：　　　e-mail：<br>2.姓名：　　　e-mail： |
| 其他建議： |

◎請沿虛線剪開、對摺、裝訂後寄出

◎請沿虛線剪開、對摺、裝訂後寄出

| 廣告回信 郵資免付 |
| --- |
| 台北郵局登記證 |
| 台北廣字第00675號 |

TO：蓋亞文化有限公司　收

103 台北市承德路二段75巷35號1樓

GAEA

GAEA

Gaea

Gaea